DAS FÜNFTE UND DAS ACHTE GEBOT

Juergen von Rehberg

DAS FÜNFTE UND DAS ACHTE GEBOT

Bibliografische Information der Deutschen Nationalbibliothek:
Die Deutsche Nationalbibliothek verzeichnet diese
Publikation in der Deutschen Nationalbibliografie;
detaillierte bibliografische Daten sind im Internet
über http://dnb.dnb.de abrufbar.

Herstellung und Verlag: BoD – Books on Demand,
Norderstedt

ISBN: 978-3-7562-1380-1

"Ich habe gegen das fünfte Gebot verstoßen. "

Polizeiinspektorin Chantal Lenz sah den Mann erstaunt an, der in ihrer Dienststelle vor ihr stand und diese bedeutenden Worte sagte.

Sie war seit vielen Jahren dabei, aber so etwas war ihr bisher noch nicht untergekommen. Sie drehte sich zu ihrem Kollegen um und sagte:

„Geh, Schorschi, komm einmal her. "

Georg „Schorschi" Tauchner war ihr älterer Kollege, im Rang über ihr stehend und im hohen Maße abgeklärt, was teils in seinen vielen Dienstjahren begründet lag, aber vornehmlich auf sein lethargieartiges Gemüt zurückzuführen war. Schorschi ruhte in sich selbst.

„Was liegt an? ", fragte Revierinspektor Tauchner, zu seiner Kollegin gewandt, und bevor diese antworten konnte, wiederholte der seltsame Besucher, dieses Mal jedoch in noch größerer Lautstärke:

"Ich habe gegen das fünfte Gebot verstoßen. "

Der Revierinspektor drehte seinen Kopf, lächelte den Besucher freundlich an und sagte dann:

„Das müssen `S mit der Gattin ausmachen, lieber Freund, für Ehebruch sind wir nicht zuständig. "

„*Aber Schorschi*", versuchte Chantal ihren Kollegen zu korrigieren, „*das ist doch das siebte Gebot und nicht das fünfte.*"

„*Ihr seid`s mir die rechten Christen*", mischte sich nun der Revierleiter, Gruppeninspektor Franz Laimer ein, „*das fünfte Gebot heißt: Du sollst nicht töten!*"

Georg und Chantal sahen zuerst einander an und dann wanderte ihr erstaunter Blick zu dem Besucher.

„*Haben Sie gerade ein Tötungsdelikt gestanden?*"

Blankes Entsetzen lag in der Stimme von Inspektorin Lenz, und sie betrachtete den Besucher nun etwas genauer.

Groß, etwas untersetzt, schätzungsweise um die fünfzig Jahre alt und gut gekleidet. Und alles in allem eine angenehme Erscheinung,

„*Wenn sie das so nennen wollen, dann JA*", antwortete der Besucher.

Revierinspektor Tauchner hatte sich als erster wieder gefasst.

„*Kommen Sie bitte mit mir*", sagte er mit gewohnt ruhiger Stimme und führte den Besucher zu seinem Schreibtisch.

Der Revierleiter war dem Papier nach bekennender Katholik, der die Kirche in regelmäßigen Abständen von innen sah, nämlich zu Ostern und zu Weihnachten, und er verstand gerade nicht, wieso seine beiden Kollegen so gar keine Ahnung von den „Zehn Geboten" hatten.

Gut, man muss sie nicht alle genau kennen; aber das fünfte, das kennt ja wohl jedes Kind. Das gehört quasi zur Allgemeinbildung.

Der Besucher hatte vor dem Schreibtisch des Revierinspektors Platz genommen.

„Nennen Sie mir bitte Ihren Namen, nebst Adresse, und dann wiederholen Sie, was Sie zuvor zu meiner Kollegin, respektive zu mir gesagt haben."

Georg Tauchner war zu einem astreinen Hochdeutsch übergewechselt. Er empfand dies als angebracht, zumal der Besucher ebenfalls in gepflegter Manier parlierte.

„Ich bin Friedhelm von Eggenburg, geboren am 1. April 1971, und ich habe gegen das fünfte Gebot verstoßen."

Es waren zwei Dinge, die den Revierinspektor störten. Erstens, dass der vor ihm Sitzende offenkundig ein Piefke war und zweitens, dass er wieder diese komische Formulierung eines Verbrechens verwendete.

„Sie sind also aus Deutschland und Sie haben ein Tötungsdelikt begangen."

9

„*NEIN und JA*", erwiderte das Gegenüber des Beamten, was diesen peu-à-peu aus der Ruhe zu bringen drohte.

„*Was heißt das, Herr von Eggenburg?*", fragte der Revierinspektor mit fester Stimme, worauf der Befragte antwortete:

„*NEIN, ich bin nicht aus Deutschland, und JA, ich habe getötet.*"

„*Aber <von Eggenburg> als Teil Ihres Namens deutet doch auf eine deutsche Herkunft hin*", versuchte der Revierinspektor sein Glück, der Wahrheit etwas näher rücken zu können, womit er jedoch scheiterte.

„*Das ist Unsinn*", konterte der Befragte, „*ich heiße nicht <von Eggenburg>, ich bin aus Eggenburg.*"

Georg Tauchner bekam einen roten Kopf. Es war das untrügliche Zeichen dafür, dass der täglich eingenommene Blutdrucksenker gerade seine Wirkung verloren hatte.

„*Aber Sie sagten doch…*"

Weiter kam er nicht, denn sein Gegenüber erklärte:

„*Ich habe nicht gesagt, dass ich Friedhelm von Eggenburg heiße, sondern dass ich von Eggenburg bin, also meine Provenienz auf diesen Namen zurückzuführen geht.*"

10

Der Revierinspektor vermochte nicht nur mit dem Fremdwort „Provenienz" nichts anzufangen, er fühlte sich auch im Ganzen unwohl bei dieser sehr speziellen Angelegenheit. Sein Blick wanderte hilflos zu seinem Vorgesetzten, der sich von seinem Platz erhoben hatte, um Georg zu erlösen.

„Sie kommen jetzt mit mir und dann unterhalten wir uns ein wenig."

Der Besucher erkannte sofort, dass sein neuer Gesprächspartner ein anderes Kaliber war. Dessen Sprache war kein Bitten, sondern eine klare Ansage.

Während sich Georg grämte, dass ihm nicht sofort aufgefallen war, dass Eggenburg ja der Name einer Stadt im Waldviertel war, aus dem er ja ursprünglich selbst abstammte, hatte sein Vorgesetzter damit begonnen, mit dem Besucher Tacheles zu reden.

„Sie sagen mir jetzt Ihren Namen, Geburtsdatum, Anschrift und wen oder was Sie ermordet haben. Haben Sie das verstanden?"

„Jawohl", antwortete der Besucher, gleich einem gehorsamen Soldaten, und dann kam er der Aufforderung des Revierleiters nach.

„Mein Name ist Friedhelm Gerhard Lechner, geboren am 1. April 1971, wohnhaft in Eggenburg, Am Rosenhügel 12. Und ich habe Ivanka Novotny ermordet."

Gruppeninspektor Franz Laimer sah in das Gesicht des Mannes, der gerade, bar jeglicher Emotion, einen Mord gestanden hatte.

Friedhelm Lechner hielt dem Blick stand. Keiner der beiden Männer sagte etwas.

Der Gruppeninspektor nahm den Hörer ab und wählte eine Nummer.

„Hallo, Hajo. Ich glaub, ich hab da was für dich. Komm bitte vorbei und beeil dich, wenn `s möglich ist."

Dann legte der Gruppeninspektor den Hörer ab und sagte zu seinem Gegenüber:

„Ich nehme Sie hiermit vorläufig fest. Hier endet meine Zuständigkeit. Ein Kollege wird Sie in Kürze übernehmen."

*****

Kriminalmajor Hajo Steinkellner war nur wenige Monate älter als Gruppeninspektor Franz Laimer. Sie stammten aus demselben Dorf und sie haben gemeinsam die Schulbank gedrückt. Zumindest bis zur vierten Klasse. Dann wechselte Hajo ins Gymnasium über.

Die beiden haben sich trotzdem nie aus den Augen verloren. Während Franz eine Familie unterhielt, mit Ehefrau Helga und zwei Töchtern, hatte Hajo nach drei Versuchen dem Modell „Ehe" den Rücken gekehrt und sich nur mehr auf gelegentliche Amouren eingelassen, die er rechtzeitig wieder auflöste, sobald es bedrohlich wurde. *„Alles, nur keine feste Beziehung mehr"*, so sein Lebenscredo.

„Also, was hast du für mich?", begrüßte Hajo seinen Freund.

„Einen Verrückten, wannst mi frogst", antwortete Franz, *„ich pack ihn dir ein und dann nix wie fort mit ihm."*

Hajo musste lachen. Das Bemühen um eine hochdeutsche Sprache hatte Franz zeitlebens nur mäßigen Erfolg beschert. Das erreichte Ziel bestand aus einem gesunden Mix von Heimat und Nachbarland.

„Dann nehm ich ihn halt mit und schaun wir mal, was dabei herauskommt."

Hajo Steinkellner war viele Monate im Zuge seiner Weiterbildung in anderen Ländern unterwegs gewesen, unter anderem auch in den USA, und das hatte sein Sprachbild wesentlich beeinflusst.

So kam es irgendwann, dass er sich schwertat, die Mundart, mit der er aufgewachsen war, im Original zu behalten.

„*Bast scho, Hajo*", erwiderte Franz Laimer lächelnd und wies dann Revierinspektor Tauchner an, er möge den Inhaftierten aus der Zelle holen.

Wenig später verließ der Major, zusammen mit seinem Gefangenen das Revier, um diesen nach Krems zu überstellen.

„*Wir sollten uns demnächst mal auf ein Bier treffen*", sagte Hajo Steinkellner noch beim Abschied, was Franz freudig bejahte, in dem Wissen, dass es – wie die vielen Male schon zuvor – wahrscheinlich wieder nicht stattfinden würde…

*****

„*Befragung des Friedhelm Gerhard Lechner durch Major Steinkellner. Anwesend sind Friedhelm Gerhard Lechner und Major Steinkellner.*"

Hajo Steinkellner sah in das Gesicht des Mannes, der von sich behauptete, ein Tötungsdelikt begangen zu haben, und der völlig teilnahmslos vor ihm saß.

„*Sie haben vor meinem Kollegen, Gruppeninspektor Laimer, einen Mord gestanden. Bleiben Sie bei Ihrer Aussage?*"

Der Befragte beugte sich vor in Richtung des Aufnahmegeräts und antwortete:

14

„Ich weiß zwar nicht, wie Ihr Kollege heißt, denn er hat sich mir nicht vorgestellt; aber ja, ich habe gegen das fünfte Gebot verstoßen."

Der Major, der die Formulierung durchaus als Provokation empfand, ließ sich jedoch nicht darauf ein. Stattdessen fügte er hinzu:

„Nur, um dem Protokoll Genüge zu tun, heißt das, Sie haben jemand getötet?"

Der Befragte lächelte. Es war das erste Mal, dass er eine Regung zeigte.

„Ja, das heißt es wohl", antwortet er, und wieder beugte er sich dabei weit vor.

„Das müssen Sie nicht tun", belehrte ihn der Major, *„der heutige Stand der Technik erlaubt es, dass man auch aus einer gewissen Entfernung sprechen kann, und das Gerät nimmt trotzdem alles gut verständlich auf."*

Der Befragte lächelte erneut.

„Können Sie bitte genauere Angaben zu dem Mord machen, Herr Lechner?"

Der Befragte war erstaunt, dass er mit „Herr Lechner" angesprochen worden war.

„Darf ich sie „Herr Kommissar" nennen?", erwiderte der Befragte, *„Herr Major" klingt mir zu militärisch."*

„Von mir aus, Herr Lechner", antwortete der Major, *„aber bitte, antworten Sie mir auf meine Frage von eben."*

Der Befragte behielt sein Dauerlächeln bei, verharrte aber einen Augenblick, bevor er antwortete.

„Ich habe am 12. Mai vergangenen Jahres eine junge Frau ermordet. Sie heißt Ivanka Novotny, und Sie haben sie sicher auf Ihrer Vermissten-Liste, nehme ich an."

Der Major zuckte kurz zusammen. Die Art und Weise, wie der Befragte gerade einen Mord gestanden hatte, vermochte den gestandenen Kriminalbeamten beinahe aus der Fassung zu bringen.

Vor ihm saß ein Mann, der nicht in das Raster eines abgebrühten Kriminellen passte, der aus niedrigen Instinkten mordete und in die geistig abnorme Ecke gehörte.

Friedhelm Lechner schien völlig im Reinen mit sich zu sein und jedes seiner Worte war wohlüberlegt.

„Sie sagen das, als würden Sie keinerlei Reue für Ihre Tat empfinden", sagte der Major.

„*Überrascht Sie das, Herr Kommissar?*", erwiderte der Befragte.

„*Ein wenig schon*", antwortete der Major und er versuchte seine Frage in einer modifizierten Version zu wiederholen.

„*Gehe ich recht in der Annahme, dass Sie kein gläubiger Mensch sind? Oder bereuen Sie die Tat vielleicht doch?*"

„*Sachte, sachte, Herr Kommissar*", erwiderte Friedhelm Lechner lachend, „*das sind ja wilde Unterstellungen, die Sie mir auftischen. Aber ich will versuchen, darauf einzugehen.*

Gläubig in Ihrem Sinne, wie Sie sich das wohl vorstellen, bin ich ganz sicher nicht. Kirche und meine Wenigkeit – das ist unvereinbar.

Wenn ich nur daran denke, was Ihr Gott so alles zulässt in Ihrer Welt; also wirklich nicht...

Ich glaube an etwas ganz anderes. Ich glaube an das Recht auf Gerechtigkeit. Sie wissen schon. Auge um Auge – Zahn um Zahn.

Das steht ja auch schon in der Bibel; aber das wissen Sie ja selber, nehme ich an."

„*Das steht aber auch, dass man die rechte Wange hinhalten soll, wenn jemand auf die linke schlägt*", erwiderte der Major.

„Alles Menschenwerk, Herr Kommissar. Oder glaube Sie, die Bibel ist ein Tatsachenbericht, und Ihr Gott hat sie selber geschrieben?"

Als Friedhelm Lechner das sagte, lag viel Wehmut in seiner Stimme.

Es folgte tiefes Schweigen. Die beiden Kontrahenten sahen einander prüfend an, als überlegten sie, wer den nächsten Schritt machen sollte.

„Als nächstes wird Ihnen das schriftliche Protokoll der Befragung zur Unterschrift vorgelegt und danach werden Sie dem Haftrichter überstellt."

Mit diesen Worten verließ Major Steinkellner den Raum und ging zu Frau Dr. Schmitt-Müller, der Psychologin, die sich hinter dem Vernehmungsraum befand und die Befragung mitverfolgt hatte.

„Was meinst du, Licki? Gaga oder nicht gaga?"[1]

Angelika Schmitt-Müller war ein paar Jahre älter als Gerhard Lechner und schon seit vielen Jahren als beratende Psychologin an der Seite des Majors.

Aus der anfänglichen beruflichen Zusammenarbeit war inzwischen eine echte Freundschaft geworden, und der Major war der einzige, dem sie erlaubte, dass er sie „Licki" nannte. Jedem anderen hätte sie körperlichen Schaden zugefügt. Sie wäre dazu durchaus

---

[1] *Salopp für „nicht recht bei Verstand"*

imstande gewesen, war sie doch Schwarzgurt-Trägerin des Taekwondo.

„Ich denke nicht, dass er durchgeknallt ist", ging die Psychologin auf die Frage des Majors ein. *„Das ist ein äußerst interessanter Mann. Und er weiß ganz genau, was er tut bzw. was er sagt."*

„Was glaubst du, hat er den Mord begangen oder gibt er nur damit an?", fragte der Major weiter.

„Schwer zu sagen", antwortete die Psychologin, *„das kannst du nur herausfinden, indem du es überprüfst."*

*****

Major Steinkellner war nicht wirklich überrascht, als die Überprüfung ergab, dass eine Ivanka Novotny, eine 54-jährige Frau aus Krumau vermisst gemeldet war.

Er war mit der Psychologin unterwegs nach Krumau, um mit dem Sohn der Vermissten, einem gewissen Rouven Novotny zu sprechen.

„Warum müssen Kinder heutzutage Rouven, Kevin, Marvin oder weiß der Kuckuck wie heißen?"

Angelika Schmitt-Müller lächelte, als sie den Major das sagen hörte. Sie saß neben ihm im Auto und genoss die Fahrt.

„Weißt du überhaupt, was Rouven bedeutet?", fragte sie.

Hajo Steinkellner wendete seinen Kopf zu ihr und sagte erstaunt:

„Sag bloß, du weißt es."

„Rouven stammt aus dem Hebräischen und bedeutet: Seht, ein Sohn!", antwortete Angelika.

„Das gibt es doch nicht", bekundete der Major sein Erstaunen, *„wieso weißt du das?"*

„Mein Neffe heißt so", erwiderte Angelika.

„Na bravo", sagte der Major, *„ob das die Mutter unseres Rouven auch wusste?"*

„Was meinst du?", fragte Angelika, worauf der Major antwortete:

„Na, das mit der Namensbedeutung. Ich denke, eher nicht."

„Nisi bona de mortuis", antwortete Angelika.

„Und was heißt das?", fragte der Major. *„Du weißt, dass ich kein Latein kann."*

„*Wieso nicht?* ", erwiderte Angelika, „*du hast doch auch Matura.* "

„*Ja, schon* ", sagte der Major, „*aber ohne Latein. Also was heißt das jetzt?* "

„*Über die Toten soll man nur Gutes reden* ", antwortete Angelika.

Hajo Steinkellner nahm es schweigend zur Kenntnis. Inzwischen waren sie am Ziel angekommen.

*****

Rouven Novotny empfing die beiden Ankömmlinge mit großer Herzlichkeit. Sein Erscheinungsbild entsprach nicht wirklich der Erwartung, welche der Major von einem Lehrer hatte.

Gutaussehend, sportlich, gepflegt, mit einem Wort: ein 36-jähriger Feschak[2].

Rouven hatte einen Kaffeetisch hergerichtet und bat nun Angelika und Hajo, daran Platz zu nehmen. Er verließ kurz den Raum und kam dann mit einer Kaffeekanne wieder, um die Tassen damit zu füllen.

---

[2] *Österreichisch für einen hübschen Kerl.*

Als er danach ein Stück Kuchen auf den Teller des Majors platzieren wollte, wehrte sich dieser mit den Worten:

„Bitte nicht; für mich nur Kaffee.“

Ganz anders hingegen Angelika. Sie hielt Rouven den Teller entgegen und sagte:

„Für mich bitte nur ein kleines Stück.“

Rouven kam Angelikas Bitte nach, und diese fragte nach dem ersten Bissen:

„Köstlich. Der ist aber nicht selbst gebacken; oder doch?“

Es schien, als würde Rouven kurz erröten, bevor er antwortete:

„Aber ja; den habe ich selbst gebacken.“

„Nicht Ihre Gattin?“, mischte sich nun auch Hajo mit ein.

„Nein; ich lebe allein“, antwortete Rouven, und es klang ein wenig wie eine Entschuldigung.

„Wie ist das möglich?“, sagte Angelika in scherzhaftem Tonfall, *„ein Mann in den besten Jahren, dazu noch ein famoser Kuchenbäcker, da schleckt sich doch jede Frau alle zehn Finger ab.“*

Das waren ganz klar die Worte einer Psychologin. Hajo bewunderte die Frau, von der sie kamen. Ihre Art, sich Menschen verbal zu nähern, hatten etwas Verbindendes, ja schon beinahe Freundschaftliches an sich.

„Die Richtige war wohl noch nicht dabei. Und außerdem gilt meine ganze Liebe meinen Schülern."

„Sie sind Lehrer?", fragte Angelika.

„Mit Leib und Seele", antwortete Rouven und sagte dann:

„Sie haben mir am Telefon gesagt, es ginge um meine Mutter."

Rouven zog mit diesen Worten das Gespräch auf eine andere Ebene.

„Ist sie in irgendwelchen Schwierigkeiten?"

„Wann haben Sie Ihre Mutter das letzte Mal gesehen oder gesprochen?", erwiderte Hajo auf die Frage des Lehrers.

„Das ist eine ganze Weile her", antwortete Rouven.

„Geht das vielleicht etwas genauer?", fragte Hajo.

Angelika bedeutete Hajo mit einem leichten Kopfschütteln, er möge seinen leicht aggressiven Ton etwas mäßigen. Ihr war aufgefallen, dass Rouven darüber erschrocken war.

Sie sah in dem Lehrer einen Mann mit einer zarten, weiblichen Seele, dem man mit viel Feingefühl begegnen sollte, wenn man nicht wollte, dass er sich dem Fragenden verschließt.

„Bitte, denken sie nach, Herr Novotny; oder darf ich Sie Rouven nennen?"

Rouven nickte augenblicklich, als wäre er dankbar für diese Frage.

„Es würde meinem Begleiter und mir sehr helfen, wenn Sie Ihre Antwort etwas präzisieren könnten", setzte Angelika nach.

„Jetzt weiß ich es wieder", antwortete Rouven, *„es war vor einem halben Jahr. Da hatte ich Geburtstag."*

„Da sind Sie ein Fisch oder Widder", sagte Angelika, worauf Rouven freudig erwiderte:

„Ich bin im Zeichen des Fisches geboren."

„Genau wie ich", sagte Angelika, *„ich hätte es mir denken können. Fische-Geborene sind sehr feinfühlige Wesen."*

Rouven strahlte. Er sah Angelika mit freudigen Augen an, und der Major verstand die Welt nicht mehr. Er hätte schwören können, dass seine Begleiterin eine Löwin wäre und kein Fisch.

„Was können Sie uns über Ihre Mutter sagen, Herr Novotny?", meldete sich nun Hajo wieder zu Wort, dieses Mal jedoch in einem eher ruhigen Tonfall.

„Nicht allzu viel", antwortete Rouven, *„ich kannte sie ja kaum."*

„Wie das?", fragte Hajo.

„Meine Mutter hat mich gleich nach der Geburt weggegeben", antwortete Rouven. *„Ich kam zu Pflegeeltern, die mich liebevoll erzogen haben und mich sogar studieren ließen. Meine leibliche Mutter habe ich erst vor zwei Jahren kennengelernt."*

„Haben Sie noch Kontakt zu Ihren Pflegeeltern?", fragte Angelika.

„Nein", antwortete Rouven, *„die sind beide tot. Sie sind bei einem Autounfall ums Leben gekommen."*

„Das tut mir leid, Rouven", erwiderte Angelika, *„haben Sie vielleicht noch Geschwister?"*

„Meine Pflegeeltern konnten selbst keine Kinder bekommen; deshalb haben sie mich auch adoptiert."

„Das verstehe ich nicht", mischte sich nun wieder der Major ein, *„dann müssten Sie doch eigentlich anders heißen und nicht Novotny?"*

Auf diese naheliegende Idee wäre Angelika gerade von selber nicht gekommen. Das war eindeutig die Überlegenheit des Kriminalisten.

„Es war der Wunsch meiner leiblichen Mutter", antwortete Rouven.

„Nachdem meine Eltern tödlich verunglückt waren, habe ich Recherche betrieben. Sie hatten mir zuvor immer wieder einmal nahegelegt, ich solle mich mit meiner leiblichen Mutter in Verbindung setzen.

Ich wollte das aber nicht, weil ich eine zutiefste Ablehnung in mir trug. Ich habe nie verstanden, wie eine Mutter ihr Kind weggeben kann.

Nach dem Tod meiner Eltern habe ich es dann doch getan. Zu meiner eigenen Überraschung konnte ich recht schnell eine gefühlsmäßige Verbindung zu meiner leiblichen Mutter herstellen.

Und irgendwann bin ich dem Wunsch meiner Mutter nachgekommen, den Namen Novotny anzunehmen. Das hat sie sehr glücklich gemacht."

Angelika fühlte sich von der Geschichte Rouvens berührt. Dieser Mann hatte tatsächlich eine feine Seele. Angelikas Blicke verfingen sich mit denen von Rouven und verharrten dort für eine kurze Weile.

„Sagen sie mir jetzt bitte, was mit meiner Mutter ist?"

Angelika war im Begriff, behutsam darauf zu antworten, als Major Hajo Steinkellner, mit Leib und Seele ein Diener der Gerechtigkeit, mit der Tür ins Haus fiel:

„Ihre Mutter, Frau Ivanka Novotny, ist wahrscheinlich einem Gewaltverbrechen zum Opfer gefallen".

Rouven Novotny und Frau Dr. Angelika Schmitt-Müller rissen voller Entsetzen die Augen auf.

Rouven, weil er gerade zum wiederholten Male seine Mutter verloren hatte, und Angelika, weil sie die stringente, pragmatische Art ihres Begleiters nicht goutieren konnte.

„Wo ist sie?", fragte Rouven mit tränenerstickter Stimme, *„kann ich sie sehen?"*

Der Major sah hilfesuchend zu Angelika. In diesem Moment wurde ihm bewusst, dass er sich gerade in eine Sackgasse manövriert hatte.

Er wusste ja de facto selber nicht, wo sich die Leiche von Ivanka Novotny – so es denn überhaupt eine gibt – befand.

„Ganz ruhig, Rouven", versuchte Angelika auf Rouven einzuwirken, *„es ist nicht hundertprozentig sicher, ob Ihre Mutter wirklich tot ist. Noch wird sie ja nur vermisst"*

„*Aber Ihr Begleiter …* “, erwiderte Rouven.

„*Mein Begleiter hat sich etwas ungeschickt ausge-drückt, Rouven*“, sagte Angelika. „*Manchmal endet ein Vermisstenfall in einer Tragödie. Aber wie gesagt, das muss nicht sein.*“

Die ruhige Art zu sprechen von Angelika und ihr feines Lächeln vermochten Rouven einigermaßen zu beruhigen.

„*Ist Ihnen an Ihrer Mutter etwas aufgefallen, als Sie sie bei Ihrem Geburtstag gesehen haben?* “, fragte der Major mit sanfter Stimme.

„*Wir haben nur telefoniert*“, antwortete Rouven.

„*Könnten Sie uns die Nummer geben?* “, fragte der Major.

Rouven nickte und forschte die Nummer auf sei-nem Handy aus. Er gab sie dem Major und fragte:

„*Wieso gilt meine Mutter überhaupt als vermisst? Wer hat das gemeldet?* “

Hajo sah Angelika an, weil er keine Ahnung hatte, was er auf diese Frage antworten sollte.

„*Das kann ich Ihnen ad hoc gar nicht beantwor-ten*“, sagte er dann mit einem leichten Schulterzu-cken, „*das müsste ich erst recherchieren.*“

28

„*Darf ich Sie noch etwas fragen, Rouven?*", sagte Angelika. Rouven reagierte nicht darauf. Er sah Angelika einfach nur an, als suche er Hilfe bei ihr.

„*Was wissen Sie über Ihre Mutter? Hat sie Ihnen aus ihrem Leben erzählt? Wissen Sie, ob sie einem Beruf nachgegangen ist?*"

Angelika fühlte sich unwohl, als sie Rouven diese Fragen stellte. Sie empfand Mitleid mit ihm, und sie hatte Angst, sie könnte ihn mit ihren Fragen verletzen.

„*Sie hat mir nie etwas über sich erzählt, und ich habe sie nie gefragt.*"

Der Major wollte schon nachhaken, als Angelika ihm zuvorkam.

„*Wir werden jetzt gehen*", sagte sie, „*aber ich lasse Ihnen meine Telefonnummer da. Sie können mich jederzeit anrufen, wenn Ihnen noch etwas einfällt oder wenn Sie einfach nur reden wollen. Ist das in Ordnung für Sie?*"

Rouven nickte. Es war ein Zeichen seiner Dankbarkeit, und er wäre Angelika am liebsten um den Hals gefallen, wenn da nicht der andere Mann dabei gewesen wäre.

„*Ich habe immer geglaubt, du bist Löwe und nicht Fisch*", sagte der Major, als sie wenig später auf der Rückfahrt waren.

„*Ich bin Löwe*", antwortete Angelika, und sie bedauerte in diesem Augenblick, dass sie Rouven angelogen hatte.

Und das Kompliment von ihrem Begleiter, „dass sie ganz schön gefinkelt sei", tat ihr fast ein wenig weh.

„*Es war ein Fehler, dass wir Rouven befragt haben, ohne zuvor die Echtheit von Friedhelm Lechners Aussage zu überprüfen.*"

Hajo sah Angelika erstaunt an.

„*Wieso meinst du das?*", fragte er, „*was war falsch daran?*"

„*Wir wissen doch gar nicht, ob Lechner uns die Wahrheit gesagt hat*", antwortete Angelika. „*Vielleicht spielt er einfach nur mit uns.*"

„*Das werden wir herausfinden, Licki*", erwiderte der Major. „*Mach dir keinen Kopf. Wir werden den Vogel ordentlich in die Mangel nehmen.*"

Wie nahe Angelika in diesem Moment an der Wahrheit war, sollte sich erst lange Zeit später herausstellen.

*****

„Befragung des Friedhelm Gerhard Lechner durch Major Steinkellner. Anwesend sind Friedhelm Gerhard Lechner sowie Major Steinkellner und Frau Dr. Angelika Schmitt-Müller. "

Friedhelm Lechner hatte nur Augen für die Psychologin. Er starrte sie unverwandt an und sagte in süffisantem Tonfall:

„Ich sehe, Sie haben heute charmante Begleitung mitgebracht, Herr Kommissar. Darf ich die Dame angemessen begrüßen? "

Lechner war aufgestanden, um sein Vorhaben in die Tat umzusetzen, wurde aber von dem anwesenden Beamten in Uniform mit einem harten Griff an die Schulter genötigt, sich wieder niederzusetzen.

„Lassen Sie die Mätzchen, Herr Lechner", sagte der Major in ruhigem Ton, *„oder ich lasse Ihnen Handschellen anlegen. "*

„Aber, aber, Herr Kommissar", erwiderte Lechner, *„ich wollte der Dame doch nur meine Aufwartung machen. "*

„Sie haben wohl ein Problem mit Frauen, Herr Lechner. "

Friedhelm Lechner zuckte zusammen, als er die Psychologin das sagen hörte. Mit einem Schlag war seine scheinbare Gelassenheit gewichen und seine Augen begannen leicht zu flackern.

„Wieso sagen Sie so etwas?", erwiderte Lechner, *„wer gibt Ihnen das Recht dazu?"*

Der Major war überrascht, dass ein einzelner Satz von Angelika den mutmaßlichen Mörder so aus dem Gleichgewicht gebracht hatte.

Angelika ignorierte die Frage Lechners und der Major übernahm.

„Es bestehen berechtigte Zweifel, dass Ihr Geständnis eine Lüge ist und Sie das alles nur erfunden haben, um sich wichtig zu machen.

Das bedeutet jedoch nicht, dass Sie ungeschoren davonkommen. Sie müssen mit einer Anklage wegen Falschaussage und Irreführung der Behörde rechnen."

Mit diesem Bluff lehnte sich der Major sehr weit aus dem Fenster, aber die Reaktion von Lechner rechtfertigte den Versuch, indem die gewünschte Wirkung prompt erfolgte.

Lechner war aufgesprungen. Mit weit aufgerissenen Augen schrie er:

„Sie glauben mir nicht? Ich werde es Ihnen beweisen. Ich werde Ihnen die Leiche präsentieren. Was sagen Sie jetzt?"

„Lassen Sie es gut sein, Herr Lechner", erwiderte der Major, scheinbar gelangweilt.

„Wenn sie wirklich wissen, so sich die angebliche Leiche befindet, warum sagen Sie es dann nicht?"

Lechner blickte Angelika an. Sein Blick war starr. Man konnte förmlich spüren, wie er mit einer Entscheidung rang. Seine Atmung war schwer und deutlich hörbar. Dann sagte er mit ruhiger Stimme:

„Ich werde Sie hinführen. Aber nur, wenn mich die Dame begleitet. Der Kommissar darf nicht mit."

Lechner empfand eine gewisse Genugtuung, als er das sage. Er fühlte sich mächtig. Sein Blick auf den Major sollte bekunden, dass er stärker als dieser war.

Für Hajo Steinkellner offenbarte Lechner jedoch damit nur, dass er ein unberechenbarer, nicht ungefährlicher Psychopath war, was auch Angelikas Einschätzung entsprach.

Der Major beschloss, die Gunst des Augenblicks zu nützen. Lechner war aus seiner Deckung herausgetreten und dadurch verwundbar.

„Und wie haben Sie Ivanka Novotny getötet?"

„Ich habe sie mit dem Messer bearbeitet, bis sie tot war", antwortete Lechner, *„aber vorher habe ich es ihr noch ordentlich besorgt."*

*****

Lechner hatte die Psychologin zu einer Stelle geführt, nahe beim Heidenreichsteiner Moor, wo er die Leiche von Ivanka Novotny vergraben hatte.

Die begleitenden Beamten wurden auch sehr schnell fündig. Als die Leiche zum Vorschein kam, machte sich ein zufriedenes Lächeln in Lechners Gesicht breit.

Es verschwand jedoch zugleich, als Major Steinkellner aus seiner Deckung trat. Er war der kleinen Fahrzeuggruppe in einem sicheren Abstand gefolgt.

„Was macht der denn hier?", sagte Lechner, *„das war so nicht ausgemacht."*

In seinem Blick lagen Wut und Enttäuschung, als er die Psychologin ansah.

Angelika wunderte sich über Lechners Reaktion. Er musste sich doch denken können, dass die ganze Angelegenheit so ablaufen würde.

Andererseits war Lechner ein irrationaler Mensch und durch und durch von sehr viel Hass geprägt. Das bestätigte sich auch Stunden später, als sie mit dem Major in der Gerichtsmedizin stand.

Dr. Grabner, der Gerichtsmediziner hatte sich die Leiche angeschaut und die beiden Ermittler für einen ersten Bericht zu sich gebeten.

„Die Todesursache wurde durch unzählige Stiche hervorgerufen, wovon ein Stich in den Bauchraum die Aorta getroffen hat. Das Opfer ist binnen kurzer Zeit verblutet."

„Wurde das Opfer sexuell missbraucht?", fragte der Major?

„Ja", antwortete der Gerichtsmediziner, „Spuren an den Handgelenken deuten darauf hin, dass das Opfer dabei gefesselt war."

„Wurde die Penetration post mortem durchgeführt?", fragte Angelika.

„Das ist schwer zu sagen, Frau Kollegin", antwortete der Gerichtsmediziner.

„Was ist mit der DNA? Kann man die auch jetzt noch dem Täter zuordnen?"

In dieser Frage des Majors schwang sehr viel Hoffnung mit.

„Durchaus", antwortete der Gerichtsmediziner, „bringen Sie mir eine Vergleichs-DNA, dann kann ich Ihnen sagen, ob es sich um den Täter handelt."

Ein Lächeln huschte über das Gesicht des Majors. Jetzt konnte er den Sack endlich zumachen.

*****

„Sie müssen sich irren, Doktor!"

Major Hajo Steinkellner war kein Mensch, der schnell seine Fassung verliert; aber das, was ihm gerade vom Gerichtsmediziner offenbart worden war, schmeckte ihm so überhaupt nicht.

„Ein Irrtum ist ausgeschlossen, Herr Steinkellner", erwiderte der Mediziner.

„Dann überprüfen Sie es noch einmal!", sagte der Major, in schon fast fordernder Manier, worauf der Gerichtsmediziner lächelnd den Kopf schüttelte und sagte:

„Das ist Unsinn, und das wissen Sie auch. Ich kann Ihnen kein Wunschergebnis backen."

„Sorry, Dr. Grabner", erwiderte der Major, *„ich war mir so sicher..."*

„Das verstehe ich", sagte der Mediziner, *„und es tut mir leid."*

„Dann müssen wir halt weitergraben", erwiderte der Major, *„und nichts für ungut."*

„Kein Problem, Herr Steinkellner und viel Erfolg!"

*****

36

„Befragung des Friedhelm Gerhard Lechner durch Major Steinkellner. Anwesend sind Friedhelm Gerhard Lechner sowie Major Steinkellner und der Rechtsbeistand, Dr. Faber."

„Wo ist denn die hübsche Frau Doktor?", fragte Friedhelm Lechner, *„hat sie keine Lust oder keine Zeit?"*

Der Anwalt legte seine Hand auf den Arm von Lechner, als wolle er ihn zum Schweigen auffordern.

„Mein Mandant möchte sein erstes Geständnis widerrufen", sagte er dann, *„Herr Lechner hat eine begangene Tat gestanden, die er nur vom Hörensagen kannte."*

Major Steinkellner konnte seinen Ohren kaum trauen, als er das hörte.

„Wollen Sie mich verarschen, Herr Anwalt?", sagte er, *„oder stehen Sie unter Drogen?"*

Bevor der Anwalt auf diese massiven Worte des Majors eingehen konnte, war dieser aufgestanden und hatte den Raum verlassen.

Über einen Knopf in seinem Ohr, mit welchem er mit Frau Dr. Schmitt-Müller verbunden war, die im Nebenzimmer alles mitverfolgte, hatte sie ihn herausgerufen, um ihn wieder in die Spur zu bringen.

„*Wieso lässt du dich so provozieren?*", fragte sie den Major, „*das ist total unprofessionell. Damit spielst du denen direkt in die Karten. Abgesehen davon, bettelst du gerade um eine Dienstaufsichtsbeschwerde.*"

„*Du hast ja recht*", erwiderte der Major, „*es wird nicht wieder vorkommen.*"

„*Dann geh hinein und entschuldige dich bei dem Anwalt. Du kannst nur hoffen, dass er von einer Beschwerde absieht.*"

Der Major wollte wieder in den Verhörraum zurückgehen, als Angelika fragte:

„*Soll ich mitkommen?*"

„*Nein*", antwortete der Major, „*heraußen nützt du mir mehr. Und pass weiter gut auf mich auf.*"

Angelika lächelte. Sie kannte den Major schon sehr lange; aber es war all die Jahre nie mehr als Freundschaft zwischen ihnen gewesen.

„*Es tut mir sehr leid, Herr Anwalt, und ich entschuldige mich*", sagte der Major, nachdem er den Verhörraum wieder betreten hatte, „*und ich hätte volles Verständnis, wenn Sie sich über mich beschweren würden.*"

„Vergessen wir das Ganze", erwiderte der Anwalt, und der Major war sichtlich erleichtert, dass der Kelch an ihm vorübergegangen war.

„Also dann erzählen Sie einmal, was es auf sich hat mit dem Mord an Ivanka Novotny."

Der Major hatte sich sehr bemühen müssen, um einen sachlichen Tonfall an den Tag zu legen.

Und dann erzählte Friedhelm Gerhard Lechner eine haarsträubende Geschichte:

„Ich war vor einiger Zeit in einer Bar und habe dort Sven getroffen."

„Wer ist Sven?", fragte der Major, worauf die Psychologin ihm in seinen Ohrhörer sagte, er möge Lechner erzählen lassen, ohne ihn zu unterbrechen. Fragen solle er sich notieren, um sie später zu stellen.

Wie recht sie damit hatte, zeigte sich unmittelbar.

„Unterbrechen Sie mich nicht", sagte Lechner, *„oder ich sage überhaupt nichts mehr."*

Der Major entschuldigte sich und bat Lechner, er möge fortfahren.

Also dieser Sven hatte mächtig viel getrunken, wie ich auch."

Lechner machte eine Pause, und der Major hatte alle Mühe, ruhig und geduldig zu bleiben.

Lechner sah den Anwalt an und dieser ermunterte ihn durch ein Kopfnicken, weiter zu erzählen.

„Plötzlich sagt der Kerl, dass er eine Frau ermordet hat. Was sagt man dazu?

Ich habe ihm natürlich nicht geglaubt. Wer ist so blöd und erzählt einem Fremden, dass er jemand ermordet hat. Also ehrlich...

Der Kerl wird plötzlich wütend. Fast hätte er mich angegriffen. Dann erzählt er mir doch tatsächlich in aller Ruhe, wann und wo er das gemacht hat.

Und dass er die Frau gefickt hat..."

Lechner war am Ende seiner Geschichte angelangt. Er sah den Major erwartungsvoll an, der gerade völlig geflasht war.

Der Major sah in Richtung Kamera, die oben an der Wand hing, als wolle er der Psychologin sein Erstaunen dokumentieren.

Dann sah er zu Lechner, in dessen Gesicht sich Zufriedenheit widerspiegelte. Der Wunsch bei Hajo Steinkellner, seinem Gegenüber in dessen Gesicht zu schlagen, wurde gerade übermächtig.

Es kostete ihn große Überwindung, stattdessen in ruhigem Tonfall zu sagen:

„Vielen Dank für Ihre Ausführungen, Herr Lechner. Erlauben Sie mir bitte, dass ich Ihnen ein Paar Fragen dazu stelle."

„Aber natürlich, Herr Kommissar", erwiderte Lechner, *„fragen Sie!"*

Friedhelm Lechner sonnte sich in dem Gefühl der Macht, ja sogar der Überlegenheit, die er dem Major gegenüber gerade empfand.

Und das war genau das, was der Major beabsichtigt hatte.

„Wer ist Sven, wie sieht er aus, wo und wann haben Sie ihn getroffen? Oder haben Sie vielleicht eine Adresse oder Telefonnummer von Sven?"

„Also, lieber Kommissar", begann Lechner mit großer Überheblichkeit, *„fragen Sie jeden, mit dem Sie einmal was getrunken haben nach seiner Adresse oder Telefonnummer?"*

Lechners Blick wanderte zuerst weiter zu seinem Anwalt und danach hinauf zu dem Kameraauge unter der Decke.

„Das kommt darauf an", versuchte der Major sein Glück, *„wie nah ich dem anderen komme. Vielleich ist er mir ja sympathisch?"*

„*Aber hallo!*", erwiderte Lechner lachend, „*Sie wollen mir doch nicht ernsthaft sagen, dass man einen Mörder sympathisch finden kann. Oder?*"

Die Psychologin im Nebenraum wunderte sich, warum der Major gerade sich auf die Spielchen von Lechner einließ.

„*Beende die Befragung irgendwie und komme zu mir*", sagte sie in den Ohrhörer des Majors, „*du siehst ja selbst, dass das zu nichts führt.*"

Der Major schien ratlos. Er war dankbar, als ihn der Anwalt ansprach.

„*Haben Sie irgendwelche Beweise gegen meinen Mandanten, abgesehen von einem Geständnis, das gerade widerrufen wurde?*"

Als der Major nicht gleich darauf antwortete, sagte der Anwalt:

„*Dann beantrage ich die sofortige Entlassung meines Mandanten aus der Haft.*"

„*Nicht so schnell, Herr Anwalt*", erwiderte der Major, „*Sie vergessen den Tatbestand der Falschaussage sowie Irreführung der Behörde. Wir werden das alles noch überprüfen. Herr Lechner bleibt vorläufig noch in Gewahrsam.*"

*****

„*Was war das denn?*", fragte Angelika, als Hajo aus dem Verhörraum kam.

„*Sag du es mir, Licki*", antwortete Hajo, „*du bist hier die Psychologin.*"

„*Es ist ganz offenkundig*", sagte Angelika, „*der Kerl spielt mit uns. Und er macht das sehr, sehr gut.*"

„*Bewunderst du ihn am Ende noch?*", fragte Hajo, worauf Angelika antwortete:

„*Natürlich nicht. Aber du musst doch zugeben, dass er eine harte Nuss ist.*"

„*Und ich werde sie knacken*", erwiderte Hajo.

„*Glaubst du, dass er schuldig ist?*", fragte Angelika.

„*Zu einhundert Prozent*", antwortete Hajo. „*Was ist mit dir?*"

„*Es ist verrückt*", erwiderte Angelika, „*mein Verstand sagt JA; aber irgendwo versteckt sich noch ein Fragezeichen, und ich kann es nicht finden.*"

„*Dann schau, dass du es bald findest*", sagte Hajo, „*ich brauche jede Hilfe, die ich brauchen kann.*"

*****

Es kam, wie es kommen musste.

Der Staatsanwalt ordnete die Entlassung von Friedhelm Gerhard Lechner an, mit der Maßgabe, dass ein Verfahren nach § 288 bzw. § 108 StGB wegen Falschaussage und Irreführung der Behörde gegen Lechner eingeleitet wird.

Aber weder Major Steinkellner noch Dr. Schmitt-Müller dachten daran, ihren Hauptverdächtigen vom Haken zu lassen.

Obwohl sich keinerlei DNA Spuren von Lechner an der Leiche befanden, und die Spermaspuren nicht mit ihm in Verbindung zu bringen waren, machten sich die beiden weiter auf die Suche nach eventuellen Beweisen.

Die Telefonnummer war bisher das einzige Bindeglied zu der Toten, nur dass sie nichts nützte, weil weder eine Verbindung dazu hergestellt werden konnte, noch die Ortung des Telefons möglich war.

Also beschlossen der Major und die Psychologin im Umfeld von Lechner zu recherchieren. Lechner selbst war abgetaucht und nicht erreichbar.

Der Antrag, Lechner wegen Verdunklungsgefahr erneut in U-Haft zu nehmen, wurde seitens der Staatsanwaltschaft abgelehnt.

Die Befragung in Lechners Umfeld erbrachte keine verwertbaren Kenntnisse. Man kannte ihn vom Sehen,

44

aber niemand schien näher mit ihm in Berührung gekommen zu sein.

Lechners Arbeitgeber, eine Papierfabrik, stellte ihm ein gutes Zeugnis aus. Lechner war angeblich fleißig, zuverlässig, immer pünktlich und eher unauffällig.

Die Geschäftsleitung zeigte sich nur etwas erstaunt darüber, dass Lechner von sich aus gekündigt hatte, ohne nähere Angaben zum Grund für die Kündigung zu machen.

Fragen, ob und mit wem Lechner eine Beziehung hatte, blieben unbeantwortet. Auch seine direkten Kollegen vermochten dazu nichts zu sagen.

Es schien, als jagten Hajo und Angelika einem Phantom hinterher.

Nur wenige Tage später ereignete sich auf der Wache von Polizeiinspektorin Chantal Lenz, Revierinspektor Georg Tauchner und Gruppeninspektor Franz Laimer ein Déjà-vu.

Ein Mann stand vor der jungen Polizistin und sagte:

„Ich habe gegen das fünfte Gebot verstoßen.“

*****

„Schorschi!"

Chantal Lenz hatte aus Leibeskräften ihren Kollegen Georg Tauchner zu Hilfe gerufen, nachdem Friedhelm Gerhard Lechner seine Botschaft an sie gerichtet hatte.

„Jessas, der scho wieda…"

Georg Schorschi Tauchner hatte die Situation mit wenigen, aber dafür aussagekräftigen Worten, erfasst.

Der phlegmatische Beamte tat danach das einzig Richtige, indem er das Problem an den höher stehenden Kollegen weiterreichte.

„Chef, kumm zuwi, der Narrische is wida do."

Der Gruppeninspektor erschien und verschaffte sich einen kurzen Überblick von dem skurrilen Vorgang, bat danach den Besucher, er möge ihm bitte in sein Büro folgen, hieß ihn Platz zu nehmen und nahm dann den Hörer ab, um eine Nummer zu wählen.

Als sich der Gesprächsteilnehmer am anderen Ende der Leitung meldete, sagte der Revierleiter:

„Hallo, Hajo. Ich glaub, ich hab da was für dich. Komm bitte vorbei und beeil dich, wenn `s möglich ist."

Dann legte er den Hörer ab und sagte zu seinem Gegenüber:

„Ich nehme Sie hiermit vorläufig fest. Hier endet meine Zuständigkeit. Ein Kollege wird Sie in Kürze übernehmen. "

*****

„Befragung des Friedhelm Gerhard Lechner durch Major Steinkellner. Anwesend sind Friedhelm Gerhard Lechner und Major Steinkellner sowie Frau Dr. Schmitt-Müller. "

Der Major hatte beschlossen, die Psychologin sofort bei der Befragung mit einzubinden.

„Küss die Hand, schöne Frau", sagte Lechner, *„ich freue mich sehr, Sie zu sehen. "*

„Grüß Gott, Herr Lechner", erwiderte die Psychologin, *„ich kann Ihre Freude leider nicht teilen. "*

„Das ist aber schade, Frau Doktor", sagte Lechner, *„warum so feindselig? "*

An dieser Stelle unterbrach der Major mit den Worten:

„Wenn Sie nicht sofort mit dem Unsinn aufhören, werde ich Frau Dr. Schmitt-Müller bitten, den Raum zu verlassen. "

„*Nein bitte nicht*", erwiderte Lechner, „*ich bin schon still.*"

Der Major und die Psychologin sahen sich kurz an. Es war unübersehbar, dass die Psychologin Einfluss auf Lechner hatte.

„*Lasset die Spiele beginnen*", schoss es dem Major durch den Kopf und dann stellte er die erste Frage an Lechner.

„*Wollen Sie jetzt wieder den Mord an Ivanka Novotny gestehen?*"

„*Aber nein*", antwortete Lechner, „*das ist Schnee von gestern. Ich habe etwas Neues für Sie.*"

Der Major und die Psychologin sahen einander erneut an. Dann fragte der Major zaghaft:

„*Einen weiteren Mord?*"

„*Keinen weiteren*", antwortete Lechner, „*das mit dieser Ivanka, das war ich ja nicht. Aber die Maria, die geht auf mein Konto.*"

„*Welche Maria?*", fragte der Major.

„*Maria Hölderlin natürlich*", antwortete Lechner. „*Die steht sicher auch auf Eurer Vermisstenliste.*"

Der Major spürte, wie das Blut in seinen Schläfen pochte. Er wäre am liebsten aufgesprungen, um sich auf Lechner zu stürzen.

Die Kaltschnäuzigkeit und der Zynismus des Mannes brachten ihn beinahe zur Weißglut.

„Was soll das, Herr Lechner?", sagte der Major, *„am Ende widerrufen Sie wieder Ihr Geständnis. Am besten, sie stehen auf und gehen nach Hause. Suchen Sie sich einen anderen, den Sie quälen können; ich habe keine Lust mehr auf Ihre Spielchen."*

Angelika sah entsetzt in das Gesicht ihres Freundes. So hatte sie den Major noch nie erlebt. Sie überlegte gerade krampfhaft, wie sie darauf reagieren sollte, als Lechner sagte:

„Ich habe Maria Lechner mit mehreren Messerstichen in den Bauch getötet. Aber vorher habe ich mich noch mit ihr vergnügt.

Wenn Sie mir nicht glauben, dann kann ich Ihnen ja zeigen, wo ich sie vergraben habe."

„Sie sind krank, Lechner", sagte der Major, *„an Ihnen ist nichts Menschliches. Sie gehören in die Klapse und nie wieder freigelassen."*

Danach stand der Major auf und verließ den Raum. Angelika war ihm gefolgt, um ihn zu beruhigen.

„*Der Kerl schafft mich*", sagte Hajo, „*den bringt nichts und niemand aus der Ruhe.*

„*Da irrst du dich*", erwiderte Angelika, „*ich habe gesehen, dass er ständig den kleinen Finger seiner linken Hand massiert, wenn er antwortet.*"

„*Das hat nichts zu bedeuten*", erwiderte Hajo, „*das ist der Phantomschmerz.*"

„*Mag ja sein*", sagte Angelika, „*aber wieso macht er das nur, wenn er auf deine Fragen antwortet?*"

Der Major dachte nach.

„*Was ist das überhaupt mit diesem Finger?*", drängte Angelika in seine Gedanken und Hajo antwortete:

„*Ein Motorradunfall, glaube ich…*"

Dann gingen sie wieder in den Verhörraum zurück und beendeten die Befragung.

Lechner beschrieb noch die genaue Stelle, wo er angeblich die Leiche vergraben hatte, und genau dort wurde sie auch wenig später ausgegraben.

Der Staatsanwalt ordnete U-Haft an und der Major und die Psychologin begannen mit der Recherche.

*****

Die Untersuchung durch den Pathologen ergab, dass wieder keinerlei DNA von Lechner nachzuweisen war.

Überraschenderweise fand man aber dieselbe Sperma-DNA bei der Leiche wie bei Ivanka Novotny.

„Das ist ja interessant", sagte der Major, nachdem ihm der Gerichtsmediziner, Dr. Grabner, seine gewonnenen Kenntnisse offenbart hat.

„Was meinen Sie, Doktor?", fragte der Major, *„haben wir es mit demselben Täter zu tun, wie bei Ivanka Novotny?"*

„Definitiv", antwortete der Gerichtsmediziner, *„und auch mit derselben Vorgangsweise. An den Handgelenken sind deutliche Fesselspuren zu erkennen.*

Und die Stichwunden im Abdomen sind ebenfalls nahezu identisch. Es handelt sich um denselben Täter."

„Oder um zwei", fügte der Major hinzu.

„Wie meinen Sie das?", fragte der Gerichtsmediziner.

„Nun, gehen wir einmal davon aus, dass Lechner der Täter ist – und ich bin nach wie vor davon überzeugt -, dann kommt noch der Unbekannte dazu, der die Opfer penetriert. Also zwei Täter."

„*Oder vielleicht sogar noch mehr?*, sagte der Gerichtsmediziner fragend.

„*Das glaube ich nicht*", erwiderte der Major. „*Dazu ist Lechner zu klug. Ein Mittäter ist kalkulierbar; aber mehrere stellen ein zu großes Risiko dar.*

Eine Frage hätte ich noch, Dr. Grabner. Wurden die Opfer noch lebend penetriert oder post mortem?"

„*Das ist schwer zu sagen*", antwortete der Gerichtsmediziner, „*einerseits würde man den Opfern wünschen, sie hätten es nicht erleben müssen, andererseits jedoch wäre das ja Leichenschändung. Ein abscheulicher Gedanke…*"

Der Major bedankte sich bei Dr. Grabner und rief dann Frau Dr. Schmitt-Müller an, um sich zeitnah mit ihr zu treffen.

*****

„*Ich möchte dich um einen Gefallen bitten*", sagte Hajo, als er mit Angelika zusammensaß. Sie hatten sich in ihrem Stammbeisl[3] verabredet.

Hajo hatte ihr von dem Gespräch mit Dr. Grabner berichtet, und Angelika war nicht weniger überrascht als Hajo.

---

[3] *Österr. Gasthaus, Wirtshaus*

„*Das ist ja widerlich*", sagte sie, „*Lechner ist eine menschliche Kloake.*"

Hajo musste lachen.

„*Wieso lachst du?*", fragte Angelika.

„*Mir gefällt deine außergewöhnliche Wortwahl*", antwortete Hajo, „*und das von einer Psychologin.*"

Jetzt lachte auch Angelika.

„*Du sagtest, du möchtest mich um einen Gefallen bitten. Um was geht es denn?*"

„*Um ein psychologisches Gutachten*", antwortete der Major.

„*Das geht nicht*", sagte Angelika, „*ich bin nicht neutral. Ich darf als Mitermittlerin kein Gutachten von einem Verdächtigen erstellen. Das würde vor Gericht nicht standhalten.*"

„*Aber ich bräuchte dringend so ein Gutachten. Allmählich glaube ich, dass Lechner einen Dachschaden hat. Man sollte ihn für immer in eine Klapse einweisen.*"

„*Beides sind keine medizinischen Begriffe, Herr Major*", erwiderte Angelika auf Hajos Äußerung mit einem kleinen Schmunzeln und fuhr dann fort:

„Die Frage ist doch, ist Lechner ein Fall für die Psychiatrie oder ist er ein brillanter Schauspieler, der alle zum Narren hält?"

„Genau deshalb brauche ich das Gutachten", insistierte Hajo erneut.

„Professor Dr. Arnulf von Striglitz", sagte Angelika leise.

„Wer oder was ist das?", fragte Hajo.

„Mein Prof an der Uni", antwortete Angelika, *„eine Koryphäe auf dem Gebiet der Psychiatrie und ein lieber Freund."*

„Könnte der das Gutachten erstellen?", fragte Hajo.

„Er wäre der Beste", antwortete Angelika.

„Und? Kannst du das einfädeln?", fragte Hajo zaghaft.

„Ist der Papst katholisch?", gab Angelika lächelnd zurück.

„Er ist es", erwiderte Hajo. *„Licki, mein Schatz; du bist die Allerbeste!"*

*****

Es war abzusehen, was als Nächstes passieren würde. Es war derselbe Anwalt, wie im Fall „Ivanka Novotny", der wieder dieselbe Nummer mit der Rücknahme des Geständnisses abzog.

Aber dieses Mal hatte Frau Dr. Angelika Schmitt-Müller eine geniale Idee.

„Wir geben ihm nicht die Bühne, die er erwartet", sagte sie zu Major Steinkellner, *„wir nehmen einen Kollegen mit einem niederen Dienstgrad und geben ihm per Funk Anweisungen aus dem Nachbarzimmer.*

Damit kann Lechner nicht umgehen. Vielleicht bringt es ihn dermaßen aus dem Gleichgewicht, dass er Fehler macht."

Hajo war sofort von der Idee begeistert, und ein wenig empfand er sogar Genugtuung, Lechner damit eins auswischen zu können.

*****

Hajo hatte für das geplante Possenspiel einen jungen Kollegen ausgewählt.

„Befragung des Friedhelm Gerhard Lechner durch Kriminalinspektor Alfred Bauer. Anwesend sind Friedhelm Gerhard Lechner sowie dessen Anwalt, Dr. Faber und Kriminalinspektor Bauer."

„*Wo ist der Major?*", fragte Lechner sichtlich nervös, „*und wieso ist die Frau Doktor nicht hier?*"

„*Major Steinkellner kann heute nicht*", antwortete der Inspektor, „*und Frau Dr. Schmitt-Müller wollte an der Befragung nicht teilnehmen.*"

„*Was heißt das?*", setzte Lechner nach. Seine Verwirrung nahm sichtbar zu. „*Ist er krank?*"

„*Nein*", antwortete der Inspektor, „*meines Wissens ist er angeln gegangen. Aber lassen Sie mich jetzt meine Arbeit machen, Herr Lachner.*"

„*Ich heiße Lechner und nicht Lachner, du Trottel*", schrie Lechner, der gerade dabei war, seine Fassung zu verlieren.

Der Anwalt, der das Spiel schon längst durchschaut hatte, bemühte sich, Lechner zu beruhigen, während der Major und die Psychologin mit viel Freude und Genugtuung die Angelegenheit mitverfolgten.

„*Der macht das wirklich gut*", zollte Hajo seinem Kollegen Anerkennung, „*das war eine super Idee von dir, Licki.*"

Angelika wiegte mit dem Kopf hin und her. Sie war sich gerade nicht mehr so sicher, ob diese Scharade mit ihrem Berufsethos in Einklang zu bringen war.

Inzwischen hatte sich Lehner wieder einigermaßen beruhigt, und der Anwalt ergriff das Wort.

„Mein Mandant widerruft sein Geständnis. Ich nehme an, dass keine Beweise der Schuld gegen meinen Mandanten vorliegen, und ich beantrage daher die sofortige Entlassung aus der U-Haft."

„Sachte, sachte, Herr Anwalt", erwiderte der Inspektor, *„zunächst wird mir Herr Lechner ein paar Fragen beantworten müssen, und dann sehen wir weiter."*

„Lassen Sie doch die Spielchen, Herr Inspektor", erwiderte der Anwalt und mit einem Blick in Richtung Kamera fuhr er fort:

„Ich nehme an, Sie befolgen nur die Regieanweisungen von Major Steinkellner; habe ich recht?"

Der Inspektor wurde kurz leicht verunsichert, hatte sich aber gleich wieder in der Gewalt. Er ging auf die Bemerkung des Anwalts nicht ein und sagte stattdessen:

„Lassen Sie mich raten, Herr Lechner. Der Mörder von Maria Hölderlin heißt Sven. So wie beim letzten Mal."

„Genau", antwortete Lechner begeistert, *„wie sind Sie nur darauf gekommen, Herr Inspektor?"*

Der Inspektor sah den Anwalt an, als wolle er ihn fragen, wie man einen offenkundig durchgeknallten Mandanten ernsthaft vertreten kann.

„Dann erzählen sie einmal, wie sie von dem Mord an Maria Hölderlin erfahren haben, Herr Lechner."

Und dann schilderte Lechner, wie beim ersten Mal, beinahe Wort für Wort, wie er den großen Unbekannten in der Bar getroffen hat, und wie dieser ihm von dem Mord erzählte.

Währenddessen machte der Inspektor eifrig Notizen, genau wie der Major es ihm aufgetragen hatte. Als Lechner mit seiner Schilderung fertig war, sah der Inspektor erwartungsvoll in Richtung Kamera und vernahm dann die Worte des Majors in seinem Ohrhörer, mit denen er aufgefordert wurde, den Raum zu verlassen.

Der Inspektor erhob sich und tat genau das, was ihm aufgetragen worden war. Er sprach die magischen Worte:

„Inspektor Bauer verlässt den Raum."

Im Gegenzug betrat der Major den Raum und sagte:

„Major Steinkellner betritt den Raum und übernimmt die Befragung."

Lechner und sein Anwalt sahen den Major erstaunt an. Die Verwirrung war perfekt.

„Wie geht es Sven?", fragte der Major, und bevor Lechner darauf antworten konnte, fügte Hajo hinzu:

„Frau Dr. Schmitt-Müller lässt sich übrigens entschuldigen; aber die Unterhaltungen mit Ihnen langweilen sie. Ihre Lügengeschichten interessieren sie einfach nicht mehr."

Diese Ohrfeige traf Friedhelm Gerhard Lechner mit äußerster Wucht. Man konnte es in seinem Gesicht ganz deutlich ablesen.

Lechners Kopf verfärbte sich dunkelrot. Seine aufsteigende Wut drohte ihn zu schier zu zerreißen.

„Ich habe etwas für Sie, Herr Anwalt", sagte der Major und schob Dr. Faber ein Schriftstück zu.

„Das ist eine richterliche Anordnung für die Einweisung in die psychiatrische Abteilung des UK Tulln zur Erstellung eines Gutachtens über die Schuldfähigkeit Ihres Mandanten.

Damit soll festgestellt werden, ob Ihr Mandant ein begnadeter Schauspieler ist oder nur ein notorischer Lügner und Wichtigmacher. Aber wer weiß? Vielleicht ist er ja auch einfach nur ein Mörder..."

*****

Das von Professor Dr. Arnulf von Striglitz erstellte Gutachten erbrachte nicht das Ergebnis, das sich Major Steinkellner erwarte hatte.

Es war da von einer „möglich scheinenden Schizophrenie" die Rede, die genauer zu untersuchen, mehr Zeit in Anspruch nehmen würde.

„Das ist mir etwas zu schwammig", sagte Hajo, als er mit Angelika darüber sprach. *„Ich hätte mir von deinem Supermann mehr erwartet."*

„Gehts noch?", erwiderte Angelika entrüstet. *„Da sieht man wieder, dass du von Psychologie nicht die geringste Ahnung hast."*

„Wie auch?", sagte Hajo, *„ich habe es ja nicht studiert, so wie du."*

„Psychologie ist wie das Suchen der Nadel im Heuhaufen", setzte Angelika nach, worauf Hajo sich um Beschwichtigung bemühte.

„Jetzt komm wieder runter, Licki", sagte er, *„ich lade dich auch auf einen Kaffee ein."*

„Mit Kuchen und Schlag?", fragte Angelika und Hajo antwortete lachend:

„Mit Kuchen und Schlag, mein Schatz."

*****

60

Maria Hölderlin konnte schnell identifiziert werden, da sie im System war. Sie war früher schon einmal wegen eines Verkehrsdeliktes auffällig geworden. Zuletzt lebte sie in Horn.

Von Nachbarn hatten Hajo und Angelika in Erfahrung gebracht, dass ein gewisser Bernd Hölderlin existierte, der Sohn von Maria.

Über dessen Verbleib war jedoch nichts bekannt, und die Recherche beim Melderegister half auch nicht weiter. Erst der Aufruf in der Zeitung führte zum Erfolg.

Es meldete sich eine Frau Britta Hoffmann mit der Nachricht, dass es sich bei dem Gesuchten um ihren Ehemann handle.

Als Hajo und Angelika nach Maissau fuhren, wurden sie von einer Frau empfangen, die keinen sehr sympathischen Eindruck machte.

„Was wollen Sie von meinem Mann?"

Die nicht sehr freundliche Art der Begrüßung verwunderte die beiden Besucher. Es stellte sich die Frage, warum diese Frau überhaupt auf den Aufruf in der Presse reagiert hatte.

„Dürften wir vielleicht hineinkommen?", fragte Hajo, worauf die Frau nickte und wortlos ins Innere vorausging. Hajo und Angelika folgten ihr.

Erst jetzt bemerkten sie, dass die Frau hinkte.

„Das ist ein Andenken an meinen Mann", sagte Britta Hoffmann, welche die überraschten Gesichter ihrer Besucher bemerkt hatte.

Hajo überging die Bemerkung und sagte:

„Wir danken Ihnen, dass Sie sich mit uns in Verbindung gesetzt haben. Könnten wir jetzt vielleicht mit Ihrem Gatten sprechen?"

„Das wird schwer möglich sein", erwiderte die Frau und verzog ihr Gesicht dabei zu einer unschönen Grimasse. *„Mein lieber Gatte liegt auf dem Friedhof."*

Es folgte Sprachlosigkeit bei Hajo und Angelika.

Wieso mussten sie hierherfahren? Britta Hoffmann hätte das doch schon am Telefon aussagen können.

„Das tut uns leid", sagte Angelika, *„das haben wir nicht gewusst."*

„Sparen Sie sich Ihr Mitleid", erwiderte Britta, *„um den Kerl ist kein Schad."*

Die Wortwahl allein zeigte, dass Britta eher von schlichtem Gemüt war.

„Wollen Sie uns erzählen, wie Ihr Gatte ums Leben gekommen ist?", fragte Hajo. „Er war ja noch nicht so alt, vermute ich."

„Vierunddreißig, um genau zu sein", antwortete Britta Hoffmann und machte dann eine kurze Pause, bevor sie fortfuhr.

„Ich habe ihn über eine Dating-App kennengelernt. Wenn man so aussieht wie ich und über die Vierzig ist, dann wird es schwer für eine Frau, unter die Haube zu kommen.

Bernd war der Einzige, der angebissen hat. Er war nicht gerade der Jackpot; aber das bin ich ja auch nicht. Also passten wir perfekt zusammen.

Ich habe ihn geheiratet, habe ihm meinen Namen gegeben und ihm ein Auto gekauft. Ich selber kann nicht fahren.

Dass das ein Fehler war, kann man ja sehen. Ich habe nicht nur einen Versager geheiratet, sondern auch einen Alkoholiker. Und eine Rakete im Bett war er auch nicht.

Den Rest können Sie sich ja vielleicht denken. Ein Autounfall hat mich zur Witwe und zum Krüppel gemacht und mich von ihm erlöst. Die Versicherung hat nicht gezahlt, weil er zu viel Alkohol im Blut hatte.

So, das war in aller Kürze meine Lebensbeichte. Haben Sie noch weitere Fragen?"

Die beiden Besucher mussten die rustikale, nur schwer zu verdauende Art dieser Frau erst einmal sacken lassen. So viel Abgeklärtheit hatten sie nicht erwartet.

„Was wissen Sie über die Mutter Ihres Mannes?", fragte Hajo.

„Nichts", antwortete Britta Hoffmann lapidar, *„die interessiert mich nicht. Ich habe sie nie persönlich kennengelernt."*

„Hatte ihr Mann vielleicht Kontakt mit seiner Mutter?", fragte Angelika.

„Nicht, so lange wir zusammen waren", antwortete Britta und sah Angelika eindringlich dabei an. Dann wanderte ihr Blick weiter zu Hajo.

„Wars das?", sagte sie, und als keine weitere Wortmeldung seitens ihrer Besucher erfolgte, fügte sie hinzu:

„Dann können Sie ja jetzt gehen. Ich brauche meine Ruhe."

Hajo und Angelika kamen dieser Aufforderung nur allzu gern nach, um der Begegnung der „etwas anderen Art" zu entfliehen.

*****

Der Fall „Lechner" begann allmählich an den Nerven der Ermittler zu zehren. Dass es einen Zusammenhang der beiden Morde geben musste, lag klar auf der Hand. Aber welchen?

Da kam ihnen Kriminalhauptkommissar Frank Diemer zu Hilfe, ein Kollege von der Sitte.

„Ihr befasst euch doch mit dem Mord an Maria Hölderlin. Da kann ich euch vielleicht weiterhelfen.

Maria war Mitglied bei ENJOY. Das ist eine Agentur für Escortservice. Betrieben wird der Verein von einer gewissen Eva Reinprechtstaler.

Der Name müsste euch etwas sagen. Sie war früher in allen Medien vertreten als Geliebte eines ehemaligen Ministers. "

„Ich weiß schon", erwiderte Hajo, *„der schöne Erwin. Die Zeitungen waren voll davon. <Der Schöne und das Biest>, so haben sie geschrieben. "*

„Genau", sagte Frank Diemer, *„Eva war schon ein scharfes Teil"*.

Angelika hatte nur zugehört. Jetzt wurde es ihr zu viel.

„Bevor euch der Speichel über die Lefzen rinnt, könntet ihr mich vielleicht ins Bild setzen, in Bezug auf dieses Unternehmen. "

„Klar", erwiderte Frank Diemer, „was möchtest du wissen?"

„Klingelt es vielleicht auch bei dem Namen Ivanka Novotny?"

Frank Diemer dachte kurz nach.

„Ich bin mir nicht sicher", antwortete er zögerlich, „es könnte gut sein, dass die auch zu dem Verein gehört. Aber da müsste ich erst nachsehen."

„Mach das, Kollege", sagte Angelika, „und wenn möglich, gleich gestern."

„Kein Problem, Kollegin", antwortete Frank Diemer lächelnd, „für eine schöne Frau mache ich fast alles."

„Lass stecken, Kollege", gab Angelika zurück und Hajo sagte freudig:

„Bingo! Jetzt haben wir endlich das gesuchte Bindeglied zwischen den beiden Morden. Wir werden der Dame vom ENJOY wohl einen Besuch abstatten."

Und zu Frank Diemer gewandt, fügte er noch hinzu:

„Danke, Franky; du hast uns sehr geholfen."

Frank hatte sich bereits verabschiedet und war schon bei der Tür, als er sich noch einmal umdrehte.

„Da fällt mir noch etwas ein, das für euch interessant sein könnte.

Der Ehemann von Eva Reinprechtstaler heißt Karl. Er betreibt eine Firma, die Luxuslimousinen samt Fahrer anbietet. Er lässt sich <Direktor Karl> nennen; aber warum, das weiß ich auch nicht.“

Gegen ihn liegt zwar nichts vor, ebenso wenig wie gegen Eva; aber Ihr solltet vielleicht beide einmal unter die Lupe nehmen.“

*****

Das ENJOY war von außen nicht als das zu erkennen, was es war: eine Agentur für Menschen der Upperclass mit entsprechendem Einkommen für ganz spezielle Dienste.

Wären nicht zwei Fahrzeuge von Dir. Karls Limousinen davorgestanden, hätte man ein ganz normales Wohnhaus dahinter vermutet.

Die junge Frau beim Empfang war eine gepflegte Erscheinung mit besten Manieren. Sie begrüßte die beiden Besucher mit ausgesprochener Höflichkeit.

Der Major zeigte seinen Dienstausweis, verbunden mit der Bitte, die Chefin sprechen zu wollen.

Angelika hatte ihn nicht begleitet, obwohl Hajo sie darum gebeten hatte.

Hajo folgte jedoch ihrem Argument, dass ein Mann bei einer Frau bessere Gesprächsaussichten hätte, als eine Frau.

Der Major wusste zwar nicht, was ihn erwarten würde, war jedoch überrascht, als er Eva Reinprechtstaler gegenüberstand.

Eine Frau, in die sich ein Mann sofort verlieben würde, wüsste er nicht um ihre Vergangenheit und womit sie derzeit ihr Geld verdient.

Der Major hielt Eva seinen Dienstausweis entgegen, und Eva nahm ihn in die Hand, um ihn sich genau anzusehen, bevor sie ihn mit einem Lächeln wieder zurückgab.

„Was kann ich für Sie tun, Herr Steinkellner?", sagte sie dann mit einer Stimme, die Wohligkeit im Ohr eines jeden Besuchers auszulösen vermag.

„Oder muss ich Sie <Herr Major> nennen?", fügte sie noch schnell hinzu.

„Steinkellner genügt", erwiderte der Major, der – wäre er nicht dienstlich unterwegs gewesen – spontan auch „Hajo" als Antwort auf die Frage gegeben hätte.

„Was führt Sie nun zu mir, Herr Steinkellner? Ich nehme nicht an, dass es um eine potentielle Abendbegleitung geht. Nicht wahr?"

Hajo fühlte sich unwohl. Die Stimme, der Blick, die ganze Erscheinung drohten ihn gerade aus dem Gleichgewicht zu bringen.

Er wünschte sich, er hätte nicht auf Angelika gehört und auf ihre Begleitung bestanden.

„Ist Ihnen nicht wohl, mein Lieber?", fragte Eva Reinprechtstaler, *„soll ich Ihnen ein Wasser bringen lassen oder etwas Stärkeres?"*

Hajo wollte antworten, konnte aber nicht. Sein Mund war viel zu trocken. Eva nahm das Telefon und sagte:

„Liebes, sei bitte so nett und bringe uns ein Wasser und zwei Cognac."

Eine junge Frau brachte das Gewünschte.

Hajo nahm den Cognac und leerte ihn in einem Zug. Als er sein Glas absetzte, bemerkte er, dass Eva ihr Glas in der Hand hielt und ihn einfach nur ansah.

„Das ist mir jetzt äußerst unangenehm", stammelte Hajo, und er spürte, wie sich seine Verlegenheit in seinem Gesicht widerspiegelte.

„Nicht doch", beschwichtigte Eva ihren Besucher, *„dafür gibt es überhaupt keinen Grund. Hauptsache, der Cognac hilft Ihnen ein wenig. Möchten Sie vielleicht noch einen?"*

Eva hatte das Telefon bereits in der Hand, aber Hajo sagte schnell:

„Bitte nicht, vielen Dank!"

Danach griff er zu dem Wasserglas, um dieses ebenfalls in einem Zug zu leeren.

„Geht es jetzt wieder?", fragte Eva und Hajo nickte.

„Dann fangen wir am besten nochmals von vorne an. Was führt Sie zu mir, Herr Steinkellner?"

„Es geht um zwei Ihrer Mitarbeiterinnen. Frau Ivanka Novotny und Frau Maria Hölderlin."

„Ehemalige, Herr Steinkellner", antwortete Eva, *„die beiden Damen arbeiten schon lange nicht mehr in meinem Unternehmen."*

„Darf ich fragen, warum?", sagte Hajo.

„Unsere Klientel besteht überwiegend aus Herren", antwortete Eva. *„Das sind Herren jenseits der Dreißig, Vierzig. Sie sind entweder ledig oder verheiratet. Wenn sie ledig sind, geht ihr Anspruch – bezogen auf das Alter unserer Damen – bis maximal drei-*

ßig, fünfunddreißig. Und wenn sie verheiratet sind, dann goutieren sie Damen, die sogar noch wesentlich jünger sind als das, was sie zu Hause haben."

„Das klingt zynisch, ja fast schon ein wenig menschenverachtend", erwiderte Hajo.

„Nein, mein Lieber", sagte Eva, *„das ist menschlich. Einfach nur menschlich."*

Eva nahm das Telefon und bat um weitere zwei Gläser Cognac.

„Das ist gut gegen schlechte Stimmungen", sagte sie und stellte Hajo ein Glas hin.

Dann hob sie ihr Glas, prostete Hajo zu und sagte:

„Sie haben eine viel zu hohe Meinung von den Menschen, Herr Steinkellner. Es wundert mich, denn Ihnen kommt doch von Berufswegen auch so Einiges unter."

Hajo lächelte versponnen. Er musste dieser Frau wohl zustimmen, denn im Grunde genommen, hatte sie recht.

Und ohne, dass es ihm bewusst wurde, begann er große Sympathie für sie zu empfinden.

„Wie weit dürfen die Frauen gehen, wenn sie gebucht werden?"

Hajo erschrak, dass er das gefragt hatte. Eva sah ihn lange an, bevor sie darauf antwortete.

„Also erstens sind meine Damen keine Flugzeuge oder Kreuzfahrtschiffe, die man buchen kann.

Und zweitens gibt es eine klar definierte Grenze für die Herren, die zu überschreiten, jedoch am Ende bei den Damen selbst liegt.

Wir achten sehr darauf, wie sich die Herren bei uns vorstellen, und seien Sie versichert, wir nehmen nicht jeden als Kunden bei uns auf.

Aber wieso fragen Sie mich das? Ich bin erstaunt und wohl auch ein wenig überrascht."

Hajo sah in das Gesicht von Eva und er konnte nichts Falsches darin erkennen. Bevor er darauf antwortete, überlegte er genau, was er sagen sollte. Aber dann entschloss er sich, gerade heraus darauf zu antworten.

„Weil zwei Ihrer ehemaligen Mitarbeiterinnen auf bestialische Weise geschändet und ermordet wurden."

„Oh, mein Gott."

Eva Gesicht wurde blass und das nackte Entsetzen stand in ihren Augen.

„Wer macht denn so etwas?"

72

„Um das herauszufinden, bin ich hier", antwortete Hajo, „und ich hoffe, Sie können mir dabei behilflich sein."

„Fragen Sie, was immer Sie wollen", erwiderte Eva, „ich weiß zwar nicht, wie; aber ich helfe Ihnen, so gut ich kann."

„Ich wüsste gern, von wann bis wann die beiden Frauen bei Ihnen gearbeitet haben, ob sie vielleicht befreundet waren oder ob sie von den gleichen Herren gebucht wurden? Entschuldigung, ich meine – wie muss ich richtigerweise sagen?"

„Ist schon ok, Herr Steinkellner", sagte Eva lächelnd, „ich weiß ja, wie sie es meinen."

„Und?", sagte Hajo erwartungsvoll.

„Das kann ich nicht aus dem Stand beantworten", sagte Eva, „das liegt schon sehr lange zurück. Ich weiß nicht, ob ich da überhaupt noch Unterlagen habe."

Hajos Gesichtsausdruck spiegelte Enttäuschung wider.

„Nicht gleich den Mut verlieren, mein Lieber", sagte Eva, „es gibt da eine gewisse Hermine Droste, eine langjährige Mitarbeiterin. Sie hat während ihrer aktiven Zeit als Chantal gearbeitet, um ihr Studium zu finanzieren.

Das Studium hat sie nie beendet, weil ihr die Arbeit bei uns einfach mehr Spaß gemacht hat. Als ihre Blütezeit zu Ende war, hat sie als Bürokraft weitergemacht. Sie wollte das Ambiente und den Umgang mit ihren Kolleginnen nicht missen.

Hermine ist eine Buchhaltungsmaschine auf zwei Beinen. Sie hat ein unglaubliches Gedächtnis, und wenn sich jemand an Ivanka und Maria erinnern kann, dann sie."

„Kann ich diese Frau sprechen?", fragte Hajo aufgeregt, und Eva antwortete:

„Das ist etwas kompliziert. Hermine lebt sehr zurückgezogen in einer Seniorenresidenz in der Nähe von Wien.

Ich müsste Sie dorthin begleiten, denn einem Fremden gegenüber wäre sie mit großer Wahrscheinlichkeit ziemlich zurückhaltend."

„Und? Würden Sie das tun?", fragte Hajo.

„Wenn ich damit zu der Lösung Ihres Problems beitragen kann, warum nicht?", antwortete Eva.

„Das könnten Sie, liebe Eva", erwiderte Hajo, „und wie Sie das könnten…"

*****

74

Eva hatte ihre „Karriere" als Eva Haslinger begonnen, indem sie damals Karl Reinprechtstaler über den Weg lief und sich in ihn verliebte.

Eva, eine blutjunge Frau vom Land, erlag dem Charme dieses Mannes und fackelte auch nicht lange, als er ihr einen Heiratsantrag machte.

Was sie zu jenem Zeitpunkt jedoch nicht wusste, war, womit ihr Karli sein Geld verdiente. Das führte dazu, dass sie ihm, als sich ihr dieses Geheimnis offenbart hatte, mit der Scheidung drohte.

Karli redete mit Engelszungen auf seine geliebte Eva ein, dass sein Gewerbe, das er unterhielt, für die Menschheit von großem Nutzen wäre und niemandem Schaden zufüge.

Die liebe Eva, die keineswegs prüde war, schloss mit ihrem Karli einen Pakt. Wenn er seinen Betrieb dahingehend umstrukturieren würde, dass das Niveau seiner Mädchen von Sexarbeiterinnen zu Escort Damen angehoben werden würde, dann würde sie sich das mit der Scheidung noch einmal überlegen.

Karli stimmte zu, jedoch unter der Prämisse, dass die Betriebsumstellung von Eva durchgeführt werden solle und sie auch die Leitung übernehmen müsse.

Eva bedingte sich eine Bedenkzeit aus und stimmte danach zu. Und so wurde aus Karlis „Hühnerstall" das Unternehmen „ENJOY", und somit praktisch zu einem „sexuellen Biobetrieb".

Karli suchte sich eine neue Herausforderung und eröffnete einen Luxuslimousinen-Verleihbetrieb. Ein paar der ausrangierten Mädchen seiner alten Firma hatte sich das Schlitzohr warmgehalten, um sie quasi als potentielle Erweiterung des Limousinen-Services anzubieten.

Eva hatte nur einen Teil der Mädchen behalten, die auch willens waren, sich einen neuen Lebensstil anzueignen, indem sie alte Gewohnheiten ablegten, um sie durch neue zu ersetzen.

Dabei wurden gute Kleidung, Konversation, Benehmen und ein gerüttelt Maß Allgemeinbildung von Eva gefordert. Sie selbst hatte eine gute Schulbildung genossen und als Tochter eines Schuldirektors entsprechenden Umgang gehabt.

Beide Unternehmenszweige prosperierten und die Ehe von Karli und Eva konnte man durchaus als überdurchschnittlich gut bezeichnen.

*****

Die Seniorenresidenz „Aurora" lag ein paar Kilometer außerhalb von Wien und war nur für Gutverdiener leistbar.

Als Hajo mit Eva dort ankam, wurden sie schon erwartet.

Eine gepflegte einundsiebzigjährige Dame empfing die Ankömmlinge mit freudiger Mine. Sie umarmte zuerst Eva und danach Hajo, der erst gar nicht versuchte Hermine, vulgo Chantal davon abzuhalten.

„Du bist also Evas Neuer", sagte sie, und ihre Augen hatten noch immer das Feuer einer jungen Frau.

„Das ist Hajo", erklärte Eva. *„Ich habe dir doch schon am Telefon gesagt, dass er mit dir über früher reden möchte."*

„Ach ja, früher", erwiderte Hermine mit etwas Wehmut in ihrer Stimme, *„was waren das für Zeiten.*

Aber jetzt trinken wir erst einmal Kaffee. Ich habe uns einen Tisch auf der Terrasse bestellt."

Mit diesen Worten führte sie Eva und Hajo durch das Foyer zu der hinter dem Gebäude liegenden Terrasse.

Und tatsächlich war da einer der Tische als Kaffeetafel eingedeckt. Auf dem Tisch standen eine Thermoskanne mit Kaffee und eine dreistufige Etagere mit Gebäck.

Eine Angestellte der Residenz kam hinzu und mit den Worten *„Ich sehe, Ihr Besuch ist schon da, Chantal"* hielt sie Chantal den Sessel zum Platznehmen hin.

„*Ja, Maria*", antwortete Chantal, „*das ist meine Tochter Eva und ihr Verlobter.*"

Während diese Worte bei Eva keinerlei Reaktion auslöste, musste Hajo erst einmal tief durchatmen. Er fragte sich, wie er von dieser Frau relevante Informationen erhalten sollte, wenn sie noch nicht einmal wusste, wer gerade vor ihr steht.

„*Sie können unbesorgt sein*", flüstere Eva Hajo zu, „*das ist nur das Kurzzeitgedächtnis. Das Langzeitgedächtnis funktioniert noch tadellos.*"

Hajo nickte, obwohl er Evas Worten nicht unbedingt Glauben schenkte.

„*Also, was willst du wissen?*", wandte sich Chantal plötzlich an Hajo, nachdem sie Maria mit den Worten „*Sie können jetzt gehen, Maria*" zum Gehen aufgefordert hatte.

„*Sagt Ihnen der Name Ivanka Novotny oder Maria Hölderlin etwas?*", startete Hajo einen ersten Versuch.

Chantal überlegte, schüttelte aber sofort mit dem Kopf.

Die Befürchtung von Hajo schien sich zu bewahrheiten, hatte er doch nicht wirklich daran geglaubt, dass es funktionieren würde.

„*Er meint Natascha und Gloria*", ergänzte Eva.

„*Ach die meinst du*", erwiderte Chantal zu Hajo gewandt, „*warum hast du das nicht gleich gesagt?*"

Jetzt verstand Hajo. Natascha und Gloria waren die „Künstlernamen" von Ivanka und Maria.

„*Dann kennst du die beiden?*", fragte Hajo, der beschlossen hatte, vom förmlichen SIE zum DU überzugehen.

„*Natürlich kenn ich Natascha und Gloria*", antwortete Chantal, „*zwei hübsche und kluge Frauen.*"

Hajo war überrascht. Das hätte er nicht gedacht. Er sah zu Eva und Eva nickte ihm lächelnd zu.

„*Die Kinder müssen jetzt ja schon erwachsen sein*", sinnierte Chantal.

Hajo sah in Evas Gesicht, dass ihr diese Worte nicht sehr gefielen. Bevor sie zu Chantal etwas sagen konnt, fragte Hajo:

„*Welche Kinder meinst du denn, Chantal?*"

„*Na, die von Natascha und Gloria natürlich*", kam Chantals Antwort wie aus der Pistole geschossen. „*Ich glaube, es waren beide Buben. Oder waren es Mädchen?*"

Chantal hatte Eva dabei angesehen, worauf Eva antwortete:

„Es sind Buben, Chantal. Rouven und Bernd."

„Stimmt", sagte Chantal und zog sich danach in ihr Labyrinth der Erinnerungen zurück.

Die nächsten Minuten verliefen schweigend. Alle drei widmeten sich Kaffee und Kuchen und keiner wusste so recht, wie oder was weiter geschehen sollte.

In Hajos Kopf jagten die Gedanken hin und her. Er fragte sich gerade, wie weit er Eva überhaupt trauen konnte. Was hatte es mit den Kindern dieser Frauen auf sich? Warum hatte Eva ihm das nicht gesagt?

In diese Stille hinein platzten die nächsten Worte wie eine Bombe:

„War da nicht noch ein Kind? Steffi hatte doch auch ein Kind. Oder nicht? Was meinst du, Eva?"

Eva Gesichtsausdruck sprach Bände. Sie war leichenblass geworden.

„Du hast völlig Recht, Chantal", sagte sie mit gedämpfter Stimme, *„Steffi hatte auch ein Kind. Es heißt Anton."*

Und dann fügte sie noch hinzu:

„Du hast wirklich ein tolles Gedächtnis..."

*****

80

Hajo und Eva befanden sich auf der Rückfahrt. Er hatte sich sehr beherrschen müssen, um Chantal nicht weiter zu befragen.

Er war sich sicher, dass Eva ihm Rede und Antwort stehen würde, und zudem war Chantal nach ihren letzten Bemerkungen in eine Art Starre verfallen.

Maria, die Mitarbeiterin der Seniorenresidenz hatte es bemerkt und war herbeigeeilt.

„Das ist nichts Bedrohliches", sagte sie, *„das gibt sich wieder von selber. Chantal braucht nur ein wenig Ruhe."*

Dann führte sie Chantal weg, ohne dass sich Eva und Hajo von ihr verabschieden konnten.

„Es ist wirklich erstaunlich, an wie viel sich Chantal erinnern konnte. Sie wusste sogar den Namen der Angestellten."

„Das täuscht", erwiderte Eva, *„sie nennt alle Mitarbeiterinnen <Maria>."*

Eva wirkte auf Hajo wie eine Gummipuppe, aus der man die Luft herausgenommen hatte.

„Ich nehme an, du hast mir einiges zu erzählen", sagte Hajo, dem nicht bewusst war, dass er Eva gerade geduzt hatte.

„Fahr irgendwo runter von der Straße, wo man parken kann, und lass uns ein paar Schritte gehen. Ich werde dir dann alles erzählen.“

*****

Eva und Hajo gingen schweigend nebeneinander her. Hajo hatte einen Platz etwas abseits der Straße gefunden, wo er parken konnte. Ein kleiner Fußweg führte in die Weinberge hinein.

„Schön ist es hier“, sagte Eva und Hajo antwortete:

„Ein guter Platz, um aus der rauen Wirklichkeit des Lebens für eine kurze Weile zu entfliehen.“

Eva blieb stehen und sah Hajo an. Sie empfand Bewunderung für den Mann, den sie noch bis vor Kurzem gar nicht kannte, und der ein unglaubliches Feingefühl besaß.

„Hättest du etwas dagegen, wenn ich dich jetzt küssen würde?“, fragte Eva.

Hajo sah die Tränen in Evas Augen und es berührte ihn. Ein Kampf spielte sich in seinem Innersten ab. Wer war diese Frau? Was verheimlichte sie? War sie gerade ehrlich ihm gegenüber oder spielte sie mit ihm?

„Kannst du mich nicht einfach in den Arm nehmen?"

Hajo umarmte Eva und es fühlte sich gut und richtig an. Er spürte, dass Eva zu weinen begonnen hatte, und er strich ihr liebevoll über das Haar.

„Weine nur", sagte Hajo, *„es macht die Seele leicht."*

„Könntest du dir vorstellen, mich zu lieben?"

Eva hatte sich von Hajo gelöst und blickte zu ihm auf.

Hajo blickte in Evas Gesicht, in dem sich die Wimperntusche einen Weg über die glühenden Wangen gebahnt hatte, und er konnte nur mühsam ein Lachen unterdrücken.

Hajo gab seine Antwort in Form eines langen Kusses und sagte dann:

„Das ist schon lang geschehen."

Eva lachte. Das Lachen klang wie das Aufsteigen eines Vogels aus tiefer Gruft, der sich befreit in die Höhe schwang. Sie fiel Hajo um den Hals und stammelte:

„Du Lieber, Lieber…"

*****

Die kleine Bank stand im Weinberg, als hätte sie jemand explizit für Hajo und Eva dorthin gestellt.

„Was wird dein Mann dazu sagen, dass du dich in einen Polizisten verliebt hast?", fragte Hajo.

„Karli und ich sind schon lange getrennt", antwortete Eva, *„wir sind zwar noch verheiratet, aber nur auf dem Papier. Das hat uns der Steuerberater empfohlen wegen unserer verbandelten Firmen. Wie genau das ist, kann ich dir gar nicht sagen. Das macht alles Karli."*

„Warum hast du diesen Mann geheiratet?", fragte Hajo, und als Eva nicht gleich darauf antwortete, sagte Hajo:

„Bitte, entschuldige, das war dumm und taktlos von mir."

„Nein, nein", erwiderte Eva, *„das ist schon gut so. Ich will keine Geheimnisse vor dir haben. Das betrifft auch die Sache mit den Frauen und den Kindern."*

Hajo war überrascht, als Eva das sagte. Ein nicht näher zu erklärendes Gefühl hatte ihn bisher davon abgehalten, Eva darauf anzusprechen.

Er wollte, dass sie von selbst das Thema aufgreift, und er freute sich, dass seine Entscheidung richtig war.

„Als ich Karl Reinprechtstaler kennenlernte, war ich blutjung. Vor mir stand ein attraktiver, sportlicher Typ von Mann, der zwar wesentlich älter war als ich und der genau wusste, auf welchen Knopf er bei einer Frau drücken musste, damit sie anspringt.

Er hat bei mir gedrückt und ich bin angesprungen. Es folgten Fahrten in seinem schnittigen Sportwagen zu den tollsten Urlaubsplätzen, die man sich vorstellen kann.

Es war wie in einem Traum. Als er mir schon bald einen Heiratsantrag machte, habe ich ohne zu zögern zugestimmt. Aufgewacht bin ich dann erst, als ich sah, wie er sein Geld verdient.

Als ich die jungen, hübschen Frauen sah, die ungefähr in meinem Alter waren, musste ich eine Entscheidung fällen. Entweder ich lasse mich scheiden oder ich ändere das, was mir nicht gefällt.

Ich habe mich dann für Letzteres entschieden. Aus einem Bordell, das mir Karli überließ, wurde ein seriöser Escort-Begleitservice und Karli stürzte sich auf die Luxuslimousinen.

Leider war ich zu naiv, zu glauben, dass Karli der Prostitution den Rücken zugekehrt hätte. Er hatte lediglich den Arbeitsplatz einiger der Mädchen ins Innere der Limousinen verlegt.

So viel zu deiner Frage, warum ich Karl Reinprechtstaler geheiratet habe.“

Hier machte Eva eine längere Pause. Ihr Blick ging weit in die Ferne und drohte sich darin zu verlieren.

Hajo holte Eva zurück, indem er sagte:

„Es freut mich, dass du mir so viel Vertrauen entgegenbringst und dass du mir das erzählt hast. Ich danke dir."

„Danke mir nicht zu früh", entgegnete Eva, *„es gibt eine dunkle Seite in mir, die du noch nicht kennst."*

„Du meinst die Sache mit diesen Kindern", sagte Hajo.

Eva antwortete nicht darauf.

„Es ist eigenartig, ja schon beinahe verrückt, dass mich dieses Thema über einen so langen Zeitraum unberührt gelassen hat.

Und heute fahre ich mit einem Fremden zu einer früheren Mitarbeiterin, tauche mit ihr in meine Vergangenheit ein, und plötzlich empfinde ich Schuld, wo bisher noch nicht einmal eine Spur von Schuld zu finden war.

Und es kommt noch besser. Ich empfinde nicht nur Schuld den Frauen und ihren Kindern gegenüber; ich empfinde auch eine Reue, die seitdem unaufhörlich an meiner Seele nagt. Ist das nicht verrückt?"

86

Eva hatte sich Hajo zugewandt und schaute ihn mit großen Augen an, die sich erneut mit Tränen zu füllen begannen.

„Sei nicht so streng mit dir", sagte Hajo, *„du bist kein schlechter Mensch."*

„Bist du dir da sicher?", fragte Eva. *„Wieso glaubst du das? Wie willst du das denn wissen?"*

Eva war im Begriff, sich selbst die Seele aus dem Leib zu reißen.

„Ich weiß es eben", erwiderte Hajo. *„Ich habe seit sehr vielen Jahren mit Menschen zu tun, und glaube mir, ich kann Gut und Böse recht gut unterscheiden."*

Ein feines Lächeln hatte sich auf Evas Gesicht gelegt.

„Du Lieber", sagte sie, *„wie gern würde ich dir glauben. Es klingt so schön, was du da gerade gesagt hast; aber ich habe nicht den Mut dazu."*

Hajo erwiderte Evas Lächeln. Er nahm ihr Gesicht in beide Hände und bedeckte es mit zärtlichen Küssen.

„Alles wird gut, mein Liebling", sagte er, *„weine nicht mehr"*, und Evas Seele antwortete darauf mit einem tiefen Seufzer…

*****

Hajo hatte Eva gebeten, ihre Angaben zu den Kindern der drei ehemaligen Mitarbeiterinnen im Beisein der Psychologin zu machen.

„Darf ich dir meine liebe Kollegin, Frau Dr. Schmitt-Müller vorstellen?"

Hajo hatte Angelika schon vorab von seinem Besuch in der Seniorenresidenz und den damit verbundenen Gesprächen berichtet. Auch, dass Eva und er sich dabei nahegekommen sind. Angelika hatte sich anfänglich mit dieser Tatsache nicht so recht anfreunden können, ließ sich dann aber von Hajo überzeugen, dass es keinen Interessenkonflikt gäbe.

„Es freut mich, Sie kennenzulernen", sagte Eva und streckte Angelika die Hand entgegen.

Angelika nahm die Hand entgegen und erwiderte:

„Einfach nur Angelika, wenn es recht ist."

„Sehr gern, Angelika", sagte Eva, *„dann nennen Sie mich bitte Eva."*

„Nachdem der Höflichkeit Genüge getan ist, möchte ich mit der Befragung beginnen."

Mit diesen Worten schaltete Major Hajo Steinkellner das Aufnahmegerät ein, um mit der Befragung von Eva Reinprechtstaler zu beginnen.

*****

„Befragung von Frau Eva Reinprechtstaler durch Major Hajo Steinkellner. Anwesend sind Eva Reinprechtstaler, Major Steinkellner, sowie die Psychologin, Frau Dr. Schmitt-Müller.

Es geht um die Mordsache Ivanka Novotny und Maria Hölderlin.

Frau Reinprechtstaler, unser Kenntnisstand ist dahingehend, dass die beiden Damen Ivanka Novotny und Maria Hölderlin in dem Escort Service Unternehmen tätig waren.

Beide Damen wurden schwanger und haben je einen Knaben entbunden. Ist das richtig?“

Eva nickte.

„Bitte, sprechen Sie in das Mikrofon. Ihr Kopfnicken kann es nicht verstehen.“

Hajo hatte die Bemerkung aus reiner Gewohnheit heraus gemacht und Eva ein bisschen dadurch verunsichert.

„Ja, das stimmt“, antwortete Eva hastig und mit lauter Stimme.

Hajo murmelte leise etwas wie *„Entschuldigung“* und fuhr fort:

„Was ist mit den Kindern nach deren Geburt geschehen?“

„Sie kamen in ein Kinderheim."

Eva sah zu Angelika mit einem Blick, als wolle sie sich für das Gesagte entschuldigen. Dann wanderte ihr Blick weiter zu Hajo.

„Es tut mir leid", sagte Eva, *„ich schäme mich dafür."*

Hajo wäre am liebsten aufgestanden, um Eva in den Arm zu nehmen. Es fiel ihm sichtlich schwer, die Befragung fortzuführen. Angelika hatte es bemerkt.

„Warum hat man den Müttern die Kinder weggenommen?", fragte sie, *„waren die Mütter überhaupt damit einverstanden?"*

„Ich habe sie nicht dazu gezwungen, Frau Doktor", antwortete Eva aufgewühlt, *„bitte, glauben Sie mir."*

„Ist schon gut, Frau Reinprechtstaler", erwiderte Angelika, *„niemand will Ihnen hier etwas unterstellen. Beantworten Sie einfach die Fragen."*

„Natürlich, Frau Doktor", sagte Eva und fügte hinzu:

„Wie hätten die Frauen arbeiten sollen, wenn sie sich um die Kinder hätten kümmern müssen?"

„*Das weiß ich nicht, Frau Reinprechtstaler*", antwortete Angelika, „*aber das tut auch nichts zur Sache.*"

Der Ton von Angelika war etwas rauer geworden und er tat Eva weh.

„*Haben die Mütter ihrer Kinder wenigsten regelmäßig besucht?*", fragte Angelika weiter.

„*Anfangs schon*", antwortete Eva zögerlich.

„*Was heißt das, Frau Reinprechtstaler*", fragte Eva und ihr Ton wurde noch etwas aggressiver.

Eva suchte nach einer Antwort.

Als Angelika sie dann mit einem provozierenden „*nun?*" konfrontierte, brach Eva zusammen.

Hajo schaltete das Aufnahmegerät aus und forderte Angelika auf, mit ihm den Raum zu verlassen.

„*Warum tust du das?*", fragte er die Psychologin, „*macht es dir etwa Spaß?*"

Hajo war wütend. Er verstand gerade nicht, was in Angelika gefahren war. War sie am Ende auf Eva eifersüchtig?

Angelika schien Hajos Gedanken lesen zu können. Ihre Augen funkelten, als sie sagte:

„Dann verhör doch dein Liebchen allein!"

Nun war es offensichtlich. Angelika Schmitt-Müller war eifersüchtig auf Eva.

„Aber Licki", sagte Hajo völlig überrascht, *„wieso hast du nie etwas gesagt?"*

„Das ist aber jetzt nicht dein Ernst; oder?"

Hajo wusste keine Antwort. Er stand da, als wäre er ein Kind, das man beim Marmeladenglas Stehlen erwischt hatte.

„Ich hatte keine Ahnung", stammelte er leise, *„es tut mir sehr leid."*

„Ach, vergiss es", erwiderte Angelika und entfernte sich rasch.

Hajo ging zurück zu Eva.

„Angelika ist unpässlich", sagte er, *„wir müssen allein weitermachen."*

Dann aktivierte er wieder das Aufnahmegerät und fuhr mit der Befragung fort.

Eva erzählte ihm, dass die Besuche der Kinder durch ihre Mütter immer seltener wurden und irgendwann ganz aufhörten.

Die Kinder waren bestens versorgt und es fehlte ihnen an nichts. Der Aufenthalt in dem privaten Heim wurde von ENJOY übernommen und war nicht gerade billig.

„Was ist mit dieser Steffi und ihrem Kind, von dem Chantal gesprochen hatte", fragte Hajo.

„Es handelt sich um Stefanie Kirchner und ihrem Sohn Anton", antwortete Eva.

„Das ist keine schöne Geschichte", erzählte Eva weiter. *„Steffi war ein Problem."*

„Inwiefern?", fragte Hajo.

„Drogen", antwortete Eva. *„Steffi schnupfte Koks."*

„Haben Sie eine Ahnung, ob die Frau noch lebt bzw. wo sie wohnt?"

Hajo musste sich sehr konzentrieren, dass er Eva nicht duzte. Das wär nicht in Ordnung gewesen, und Eva zeigte Verständnis dafür.

„Weder noch", antwortete Eva, *„ich musste sie damals entlassen, nachdem der Aufenthalt in einer Entzugsklinik nichts gebracht hatte."*

„Hatte sie damals Kontakt zu ihrem Kind?", fragte Hajo und Eva antwortete:

„*Das weiß ich nicht.*"

Hajo überlegte krampfhaft, welche Fragen er noch stellen könnte, um zu irgendetwas Greifbaren zu kommen.

„*Dieses private Kinderheim; haben Sie noch Verbindung dahin? Und werden dort immer noch Kinder Ihrer Angestellten abgegeben?*"

Hajo ärgerte sich, dass er nicht schon früher darauf gekommen war, zumal die Frage doch nahelag.

„*Wir haben keine Verbindung mehr zu dem Heim*", antwortete Eva, „*die Mädchen von heute werden nicht mehr ungewollt schwanger.*"

Was den zweiten Teil von Evas Antwort betraf, so hegte Hajo heftige Zweifel daran, ging aber nicht weiter darauf ein.

„*Und kann ich die Adresse von diesem Heim haben?*", fragte Hajo.

„*Natürlich*", antwortete Eva und dann notierte sie die Adresse auf einem Block, den ihr Hajo zugeschoben hatte.

Damit war die Befragung zu Ende.

*****

„Können wir reden?"

Hajo hatte Angelika zu einem Gespräch gebeten.

„Lass mich bitte zuerst etwas sagen", antwortete Angelika und Hajo stimmte mit einer Handbewegung zu.

„Es fällt mir nicht leicht, dir und vor allem mir gegenüber einzugestehen, dass ich einen schrecklichen Fehler gemacht habe."

Hajo wollte etwas erwidern, wurde aber von Angelika sofort zurückgehalten.

„Bitte, lass mich ausreden. Es ist mir sehr wichtig."

Und wieder deutete Hajo sein Einverständnis durch eine Handbewegung an.

„Ich habe mich in meiner Eigenschaft, sowohl als Mensch wie auch als Psychologin, nicht gerade mit Ruhm bekleckert. Und dafür möchte ich mich entschuldigen.

Es steht dir natürlich vollkommen frei, wem du deine Liebe oder dein Herz schenkst. Und du hast auch mir gegenüber niemals Avancen gemacht, welche meine Annahme hätten nähren können, dass ich gemeint sein könnte.

Ich weiß nicht, was mich geritten hat. Da war wohl der Wunsch der Vater des Gedankens.

Ich kann nur hoffen, dass du mir mein Fehlverhalten verzeihen kannst, und ich hätte vollstes Verständnis dafür, wenn du eine weitere Zusammenarbeit mit mir ablehnen würdest.

So, jetzt habe ich alles gesagt. Jetzt bist du dran."

Hajo hatte Angelika während der ganzen Zeit beobachtet. Es war ihm nicht entgangen, welch schweren Gang sie gerade hinter sich gebracht hatte.

Ohne zu überlegen, ging er auf sie, umarmte sie und sagte:

„Du bist und bleibst meine Licki. Ohne dich könnte ich gar nicht sein. Denk nur an die vielen Schlachten, die wir zwei schon miteinander geschlagen haben. Wir sind beste Freunde und das bleiben wir auch bis in alle Ewigkeit. Was war, ist vergessen und vergeben.

Du lädst mich auf Kaffee und Kuchen ein und dann bringe ich dich auf den neusten Stand. Einverstanden?"

„Ich nehme die Strafe dankbar an", erwiderte Angelika, die gerade ihr Lächeln wiedergefunden hatte.

*****

Friedhelm Lechner war aus der Psychiatrie entlassen worden. Für die Staatsanwaltschaft gab es keine gravierenden Gründe, die eine weitere Verwahrung gerechtfertigt hätten.

Einzig das anhängige Strafverfahren wegen Falschaussage und Behinderung der Justiz stand noch im Raum, rechtfertigte aber ebenso wenig eine Inhaftierung von Lechner.

Da die Ermittlungen gegen Lechner eine Sackgasse waren, beschlossen Hajo und Angelika die Sache mit den Heimkindern weiterzuverfolgen.

Ihr Gesprächspartner war eine Frau Marianne Hochleitner, eine Dame jenseits der Sechzig.

„Vielen Dank, dass Sie sich Zeit für uns nehmen", sagte Hajo, nachdem er sich und Angelika vorgestellt hatte.

„Wie kann ich Ihnen helfen?", erwiderte die Heimleiterin. *„Sie haben am Telefon so eine Andeutung gemacht, dass es um früher Zöglinge geht."*

Hajo wunderte sich über die Verwendung dieses antiquierten Wortes, weil es so gar nicht in die Generation der Frau passte.

„Ganz recht", sagte Hajo, *„es geht um drei Knaben, welche vor einiger Zeit Ihrer Obhut anbefohlen waren."*

Jetzt war es an Angelika erstaunt zu sein. Erst „Zögling" von Marianne Hochleitner und dann „der Obhut anbefohlen" von Hajo. Was war das denn?

„Wenn Sie mir die Namen nennen wollen, dann kann ich sehen, ob ich vielleicht etwas finden werde."

Hajo nannte die Namen: Rouven Novotny, Bernd Hölderlin und Anton Kirchner.

„Das Trio infernale", kam prompt die Antwort von Frau Hochleitner.

„Sie erinnern sich?", fragte Hajo freudig.

„Sehr gut sogar", antwortete die Heimleiterin, *„ich war damals siebzehn oder achtzehn, und noch in der Ausbildung, als die drei bei uns abgegeben wurden.*

Am Anfang die reinsten Lämmlein; aber im Verlaufe der nächsten Jahre machten die drei eine gewaltige Entwicklung durch. Und das im wahrsten Sinn des Wortes."

Wie das?", fragte Hajo und Marianne Hochleitner antwortete:

„Es begann mit Provokationen, Widerrede, Gehorsamsverweigerung und anderes mehr."

Das Wort „Gehorsamsverweigerung" löste bei Hajo ebenso Alarm aus wie bei Angelika.

98

„*Können Sie Gehorsamsverweigerung etwas näher erläutern?*", fragte Angelika mit einem verbindlichen Lächeln.

Die Heimleiterin sah Angelika prüfend an, bevor sie darauf antwortete. Skepsis hielt sie zuerst davor zurück, darauf zu antworten; aber dann setzte sich ihre Überzeugung bei ihr durch.

„*Wir erziehen hier Kinder, um sie für das Leben da draußen tauglich zu machen. Und eine der Säulen unserer Erziehung ist, Gehorsam zu lernen und Obrigkeiten zu respektieren. Und wenn es erforderlich ist, dann werden Strafen nicht angedroht, sondern durchgeführt.*"

Angelika musste mehrmals schlucken. Dann sagte sie:

„*Wenn ich Sie altersmäßig richtig einschätze, dann liegen wir nicht sehr weit auseinander. Das heißt, wir kennen den 2. Weltkrieg und die damit verbundenen Anschauungen nur vom Hörensagen.*

Und daher frage ich mich gerade, ob Sie entweder aus einer Familie kommen, die dem geistigen Gedankengut von damals Tür und Tor geöffnet hat oder ob Sie wesentlich älter sind, als es den Anschein hat."

„*Ich wusste, Sie würden das nicht verstehen*", antwortete Marianne Hochleitner trotzig, wobei sie ihren Kopf in den Nacken legte, „*aber ich wurde in eine Familie hineingeboren, für die Heimat und Ehre ein hohes Gut war."*

Hajo unterbrach das verbale Scharmützel der beiden Frauen.

„Können wir uns wieder den drei Jungen widmen, die sich in Ihrer Obhut befanden, Frau Hochleitner?"

„Natürlich, Herr Kommissar", antwortete die Heimleiterin, und Hajo war froh darüber, dass er die Auseinandersetzung beenden konnte.

Seine Freude war jedoch nur von kurzer Dauer, denn Angelika hatte erneut zum Angriff geblasen.

„In Ihren Statuten steht, dass Sie Kinder erst ab dem Schulalter aufnehmen. Ist das richtig?"

„Ja."

„Wieso haben Sie dann damals Säuglinge aufgenommen, entgegen Ihren Statuten?", fragte Angelika weiter.

„Das weiß ich nicht", gab die Heimleiterin zur Antwort, *„das war vor meiner Zeit."*

„Aber Sie sagten doch vorhin, Sie hätten sich damals in Ausbildung befunden."

Angelika hatte sich wie ein Terrier in Marianne Hochleitner verbissen.

100

Die Heimleiterin schnappte nach Luft. Angelika holte zum letzten Schlag aus, indem sie sagte:

„Pecunia non olet.[4] Das wussten schon die alten Lateiner."

Das Fass war nun kurz vor dem Überlaufen. Die Heimleiterin wandte sich an Hajo und sagte:

„Wenn diese Dame nicht sofort den Raum verlässt, werde ich keinen Ton mehr sagen. Diese Unterhaltung ist unter meinem Niveau."

„Ist schon gut, Frau Heimführerin", sagte Angelika, *„ich gehe ja schon."*

Hajo wurde schlecht. Es fehlte nur noch, dass Angelika den Raum mit „deutschem Gruß" verlassen hätte. Aber sie ließ es sein, Gott sei Dank.

„Ich kann mich nur in aller Form bei Ihnen entschuldigen", sagte Hajo, als Angelika gegangen war.

„Es liegt in ihrer Vergangenheit", bemühte sich Hajo um Schadensbegrenzung und korrigierte sich selbst umgehend: *„Ich meine die Vergangenheit von Frau Dr. Schmitt-Müller."*

„Ist schon gut, Herr Kommissar", erwiderte die Heimleiterin, *„wir alle haben eine Vergangenheit, der wir uns stellen müssen."*

---

[4] *Geld stinkt nicht.*

Hajo verstand den Sinn dieser Worte überhaupt nicht, sagte aber:

„Das haben Sie sehr schön gesagt, Frau Hochleitner; meine Hochachtung."

Das war Musik in Mariannes Ohren und sie zeigte es auch, indem sie Hajo ein besonders schönes Lächeln darbot.

„Wenn es Sie nicht zu sehr anstrengt, dann würde ich unser Gespräch gern fortsetzen, verehrte Frau Hochleitner."

„Keineswegs, mein Lieber", sagte Marianne, *„aber erst hole ich uns etwas zu trinken. Es plaudert sich doch gleich viel angenehmer. Finden Sie nicht auch?"*

„Da gibt es keine zwei Meinungen", antwortete Hajo und dachte daran, dass er Angelika später unbedingt beibringen musste, dass man mit Höflichkeit und Freundlichkeit im Leben mehr erreichen kann als mit der Brechstange.

Marianne Hochleitner, Heimleiterin mit Prinzipien, hatte eine Flasche scheußlich schmeckenden Kräuterlikör und zwei Gläser geholt und dann startete eine interessante und aufschlussreiche Unterhaltung…

*****

„Du machst es mir gerade nicht sehr leicht.“

Mit diesen Worten begrüßte Hajo seine Kollegin am nächsten Tag.

„Ich weiß“, antwortete Angelika, *„und ich entschuldige mich auch dafür.“*

„Warum machst du das?“, fragte Hajo, *„was ist los mit dir?“*

Angelika musste sich sehr überwinden, um auf Hajos Frage zu antworten. Schließlich antwortete sie:

„Der Bruder meines Vaters war mit einer Jüdin verheiratet. Sie haben sie abgeholt und nach Mauthausen gebracht, von wo sie nicht mehr zurückgekehrt ist. Und gestern diese Frau…“

„Du musst mir nichts weiter erklären“, sagte Hajo, *„das mit deiner Tante tut mir leid.“*

Die Erinnerung an das schreckliche Geschehen von damals hatte bei Angelika Emotionen hervorgerufen. Hajo nahm seine Freundin in den Arm und tröstete sie.

„Aber um eine Strafe kommst du dennoch nicht herum“, sagte er, was Angelika sofort wieder aufmunterte. Sie erwiderte lachend:

„Kaffee und Kuchen mit Schlag.“

„So sieht 's aus", sagte Hajo und dann berichtete er von dem ergiebigen Gespräch mit der Heimleiterin.

„Dieses <Trio infernale>, von dem Marianne Hochleitner gesprochen hat, war anscheinend ein großes Problem für die Heimleitung.

Sie terrorisierten als Pubertierende die restlichen Mitbewohner und sogar die erwachsenen Erzieherinnen. "

„Sie hat tatsächlich das Wort <Erzieherinnen> gebraucht? ", unterbrach Angelika.

„Ja", antwortete Hajo, *„aber jetzt hör weiter zu.*

Die drei Rabauken waren ja, wie wir wissen, Rouven Novotny, Bernd Hölderlin und Anton Kirchner. Aber, wer glaubst du, war der Anführer? "

„Keine Ahnung", erwiderte Angelika, *„also sag schon! "*

„Toni", antworte Hajo, *„Anton Kirchner. "*

„Und was ist aus diesem Toni geworden? ", fragte Angelika.

„Darüber konnte die liebe Marianne nur vage Andeutungen machen. "

„Was heißt das? ", fragte Angelika.

„Genaues wusste sie nicht. Es gab angeblich Gerüchte, dass dieser Toni auf die schiefe Bahn geraten ist und sogar im Gefängnis war."

„Aber dann haben wir ihn ja im System", sagte Angelika triumphierend.

„Ja, schon", erwiderte Hajo, „ich habe es auch schon überprüft. Er wurde wegen diverser Delikte angeklagt, aber nie verurteilt."

„Und? Haben wir eine Adresse?", fragte Angelika aufgeregt.

„Unbekannt verzogen", antwortete Hajo.

Angelika sah Hajo enttäuscht an.

„Wir stolpern von einer Sackgasse in die nächste. Und inzwischen reibt sich ein gewisser Friedhelm Lechner die Hände, dass wir ihm nichts nachweisen können."

„Du glaubst nach wie vor an seine Schuld?, sagte Hajo und Angelika antwortete:

„Unbedingt. Du etwa nicht?"

„Ja, schon", antwortete Hajo, „aber wir haben leider nicht den geringsten Beweis dafür..."

*****

Hajo und Angelika hatten beschlossen, die zuletzt bekannte Wohnadresse von Anton Kirchner aufzusuchen.

Eine junge Frau öffnete die Tür, und nachdem sich Hajo und Angelika ausgewiesen hatten, bat sie die Besucher herein.

„*Sagt Ihnen der Name Anton Kirchner etwas?*", fragte Hajo.

„*Natürlich*", antwortete die junge Frau, „*der hat ja früher hier mit seiner Mutter zusammen gewohnt.*"

Die Antwort löste größtes Erstaunen bei Hajo und Angelika aus.

„*Haben Sie die beiden vielleicht sogar einmal persönlich kennengelernt?*", fragte Hajo.

„*Nein*", antwortete die junge Frau, „*das weiß ich vom Hörensagen. In einem kleinen Dorf wie dieses, wo jeder jeden kennt, da hört man alles Mögliche.*"

„*Wissen Sie vielleicht noch mehr darüber?*", fragte Angelika, die vermutete, dass die junge Frau noch mehr wissen könnte.

„*Ich möchte keine Schwierigkeiten bekommen*", antwortete die junge Frau zögerlich, „*wir sind nicht von hier. Sie werden das sicher verstehen.*"

„*Wir verstehen das*", sagte Angelika, „*ich versspreche Ihnen, dass wir alles, was Sie uns sagen, streng vertraulich behandeln werden.*"

Dann erzählte die junge Frau, dass ihre Vorbewohner bei den Einheimischen nicht sehr beliebt waren.

Es seien ständig zwielichtige Gestalten im Haus ein- und ausgegangen, und es gab auch immer wieder Beschwerden wegen Lärmbelästigung.

Als dann die Frau Kirchner gestorben sei, wäre ihr Sohn abgehauen, weil ihn die Polizei gesucht hätte. Er wäre jetzt angeblich bei der Fremdenlegion.

„*Das sind ja abenteuerliche Geschichten*", sagte Angelika, „*gibt es im Dorf jemand, der Genaueres dazu sagen könnte?*"

„*Der Wirt vom <Ochsen> vielleicht*", antwortete die junge Frau, „*aber bitte, sagen Sie nicht, dass ich Sie geschickt habe.*"

„*Keine Angst*", erwiderte Angelika, „*das machen wir ganz sicher nicht.*"

Kurze Zeit später saßen Hajo und Angelika im „Ochsen" und bestellten sich etwas zu essen. Als sie gegessen hatten, und der Wirt sie fragte, ob es geschmeckt hätte, gaben sich die beiden zu erkennen.

„*Wir würden Sie gerne etwas fragen, Herr Wirt*", sagte Angelika mit all dem ihr zur Verfügung stehenden Charme.

„*Hat sie das Finanzamt geschickt?*", fragte er argwöhnisch und Angelika antwortete lachend:

„*Keine Sorge, mein Lieber; wir sind harmlos. Jetzt holen Sie erst einmal einen Hausbrand für uns zwei und einen Weiteren für Sie, dann setzen Sie sich zu uns und wir unterhalten uns ganz zwanglos.*"

Dem Wirt schien die Art von Angelika zu gefallen, denn er erwiderte:

„*Ich bring euch einen Marillenbrand. Das ist Balsam für die Seele. Der geht aufs Haus.*"

Als der Wirt zurückkam, setzte er sich zu Hajo und Angelika, und dann ging er willig und vorbehaltlos auf alle Fragen ein, die ihm gestellt wurden.

Auf diese Weise wurden nicht nur die Angaben der jungen Frau von zuvor bestätigt, sondern weitere Tatsachen kamen noch hinzu.

„*Der Toni war ein wilder Teufel und immer hinter den Weibern her. Ganz egal, ob die ledig oder verheiratet waren. Er war halt weibernarrisch. Und die Weiber waren verrückt nach ihm. Dabei war er gar nicht so schön.*"

Angelika lachte.

„Ja, so sind die Menschen nun einmal, ganz egal ob Männlein oder Weiblein. "

„Gab es auch manchmal Streit? ", fragte Angelika.

„Das kannst du glauben", antwortete der Wirt, „und das nicht zu knapp. "

„Was ist mit Freunden? ", setze Angelika nach, „irgendwelche Kumpels? "

„Eher nicht", antwortete der Wirt, „der Toni stand halt nur auf Weiberleut. "

„Was ist eigentlich mit der Mutter von Toni", mischte sich nun Hajo ein, der es bisher vorgezogen hatte, Angelika das Fragen zu überlassen, hatte sie doch eindeutig den besseren Draht zu dem Wirt.

„Ja, die Fanny", sagte der Wirt, „das war ein recht armes Luder. Es gab Zeiten, da hätte sie uns noch nicht einmal mit ihrem Allerwertesten ange-schaut. Da arbeitete sie in der Stadt und machte einen auf feine Dame.

Dann kam sie eines Tages zurück, und von ihrer Schönheit war nicht mehr viel übrig. Da waren wir dann wieder gut genug.

Sie hat Drogen genommen und sich dem Alkohol verschrieben. Manchmal hatte sie nicht genug Geld, dann mussten ihr die Männer einen ausgeben. "

Der Wirt machte eine Pause. Angelika fiel auf, dass er nicht alles zu diesem Thema gesagt hatte. Also fragte sie den Wirt direkt:

„Hatte sie auch Männergeschichten? Sie wissen schon, was ich meine. "

„Über Tote soll man ja nicht schlecht reden", sagte der Wirt in flüsterndem Ton, *„aber für Geld machte sie alles. "*

„Hat sich der Sohn nicht um sie gekümmert? ", fragte nun wieder Hajo.

„Wie denn? ", antwortete der Wirt, *„zu der Zeit war er ja schon nicht mehr da. "*

„Wieso? ", fragte Hajo.

„Weil die Bullen, Entschuldigung, ich meine die Polizei, hinter ihm her war", entgegnete der Wirt.

„Das ist sehr traurig", sagte Angelika, *„wenn sich ein Sohn nicht um seine Mutter kümmert. "*

„Sie ist dann auch ganz allein gestorben", fuhr der Wirt fort, *„als man sie gefunden hat, war sie schon halb verwest. Der goldene Schuss, wie man so schön sagt. "*

Der Wirt machte eine Pause, als wolle er der Verstorbenen gedenken.

„*Hat man von Toni wieder einmal etwas gehört?* ", versuchte Hajo das Gespräch wieder in Gang zu bringen.

„*Nie wieder*", antwortete der Wirt, „*und das ist gut so. Er kam noch nicht einmal zu Fannys Beerdigung.* "

„*Wir haben gehört, er wäre bei der Fremdenlegion*", sagte Angelika, „*ist da etwas dran?* "

„*Ich weiß es nicht*", antwortete der Wirt, „*kann sein oder auch nicht. Ist mir auch egal. Und jetzt muss ich mich wieder um meine Gäste kümmern.* "

*****

Als Rouven Novotny die Tür öffnete und zuerst Angelika erblickte, ging ein Strahlen über sein Gesicht.

„*Das nenne ich eine freudige Überraschung*", sagte Rouven, „*der Herr Kommissar und die Frau Doktor. Bitte, kommen Sie doch herein.* "

Nachdem Hajo und Angelika Platz genommen hatten, verlieh Rouven seinem Bedauern Ausdruck, dass er keinen Kuchen habe, sondern lediglich einen Kaffee anbieten könne.

„*Ein Kaffee würde völlig genügen, Rouven*", wählte Angelika sogleich die richtige Gangart, um Rouven in eine geneigte Stimmung zu versetzen.

„*Wir waren im Heimatdorf von Anton Kirchner und haben dort einiges über ihn und seine Mutter erfahren*", begann Angelika das Gespräch.

„*Wussten Sie, dass Antons Mutter rauschgiftsüchtig war? Und dass sie daran gestorben ist?*"

„*Kann sein, dass Toni das einmal erwähnt hat; aber sicher bin mir nicht*", antwortete Rouven.

Hajo schaltete sich jetzt ein. Er fragte Rouven, ob er noch Kontakt zu Anton Kirchner hätte.

„*Leider nein*", antwortete Rouven, „*und das bedauere ich. Toni war zwar ein wilder Hund, aber ohne ihn hätte ich das Kinderheim nicht überlebt.*"

„*Wie meinen sie das?*", fragte Hajo.

„*Ich war als Kind und auch als Jugendlicher eher von zarter Statur. Und die anderen Kinder hätten mir übel mitgespielt, wenn mich Toni nicht immer verteidigt hätte.*"

„*Ein echter Freund also*", sagte Angelika, „*umso bedauerlicher, dass Sie keinen Kontakt mehr haben.*"

Rouven stand auf und holte eine Fotografie. Sie zeigte einen Mann in Uniform, dessen Gesicht teil-

112

weise durch die Hand verdeckt war, die er zum Gruß an das Schild der Kopfbedeckung geführt hielt.

„Das ist das letzte Lebenszeichen von Toni. Ein Gruß aus der Fremdenlegion. Ich weiß noch nicht einmal, ob er noch lebt…"

Rouvens Augen wurden tränenfeucht, als er die Fotografie Angelika entgegenhielt. Angelika reichte das Bild an Hajo weiter und sagte zu Rouven.

„Ich verstehe, dass Sie das aufwühlt, Rouven; aber solange nicht das Gegenteil bewiesen ist, sollten Sie fest daran glauben, dass es Ihrem Freund gut geht und dass er lebt."

Rouven wischte sich mit dem Handrücken über die Augen und bedankte sich bei Angelika.

Hajo bat Rouven, die Fotografie mitnehmen zu dürfen, was Rouven jedoch ablehnte. Die Vorstellung, sie könnte verloren gehen, machte ihm Angst. Hajo zeigte Verständnis und fotografierte es ersatzweise mit seinem Smartphone.

„Wie haben Sie den Aufenthalt im Kinderheim in Erinnerung?", fragte Angelika.

„Das war eine schreckliche Zeit", antwortete Rouven, *„wenig Liebe und viel Demütigung und Schläge."*

„*Und hat Sie Ihre Mutter nicht regelmäßig besucht?*", fragte Angelika weiter.

„*Nicht ein einziges Mal*", antwortete Rouven.
„*Vielleicht, als ich noch ein Baby war; aber daran
kann ich mich nicht erinnern.*"

„*Wie war das mit Anton und Bernd?*"

Auch diese Frage verneinte Rouven und fügte hinzu:

„*Ich möchte bitte nicht mehr weiter darüber sprechen; es tut zu weh.*"

„*Ist in Ordnung, Rouven*", erwiderte Angelika,
„*das verstehen wir.*"

„*Ich denke, das war es auch schon*", sagte Hajo,
„*wir dürfen uns dann verabschieden. Vielen Dank für
Ihre Zeit und den guten Kaffee!*"

„*Sehr gern*", erwiderte Rouven und brachte seine
Besucher zur Tür.

Als die beiden auf dem Rückweg waren, sagte
Angelika:

„*Rouven ist ein armer Kerl. Das Erlebnis in diesem Heim hat tiefe Spuren bei ihm hinterlassen.*"

*****

Die nächsten Tage vergingen, ohne dass Hajo und Angelika Licht am Ende des Tunnels gesehen hätten.

„Es ist frustrierend, dass wir zwei Mordopfer haben und einen Mörder, jedoch weder ein greifbares Motiv noch irgendwelche Beweise.

Und die Gerichtsverhandlung von Lechner wird damit zur Farce. Mit einem guten Anwalt bekommt der Kerl am Ende noch Bewährung."

Verzweiflung, ja schon beinahe Resignation lag in Hajos Stimme, als er das sagte.

„Sei doch nicht so negativ", erwiderte Angelika, *„du weißt genauso gut wie ich, dass es den perfekten Mord nicht gibt.*

Wir müssen alles von vorne noch einmal durchgehen. Irgendetwas übersehen wir. Da bin ich mir ganz sicher."

„Und was sollte das sein?", sagte Hajo.

Angelika sah Hajo an. So kannte sie ihn gar nicht.

„Das weiß ich auch nicht", erwiderte sie, *„aber wenn wir nicht danach suchen, dann werden wir es auch nicht finden."*

„Also gut", stimmte Hajo zu, *„dann lass uns auf die Suche nach der berühmten Nadel im Heuhaufen gehen."*

„Wir wissen doch, dass beide Opfer penetriert worden sind", begann Angelika, „wir wissen aber nicht, ob das post mortem geschehen ist oder als die Opfer noch lebten."

„Das hängt wohl davon ab, ob der Täter den Opfern nahestand oder ob es Fremde waren", sagte Hajo.

„Richtig", erwiderte Angelika, „aber stellen wir uns eine andere Frage. Waren die vielen Messerstiche eine Tat vor Wut oder aus Rache? War sie geplant oder geschah sie im Affekt?"

„Folgendes Szenario", sagte Hajo, „der Täter hat das geplant, um sich zu rächen. Dann passt die Penetration nicht dazu. Oder?"

„Das sehe ich genauso", antwortete Angelika.

„Jetzt ich. Der Täter tötete ohne Vorsatz, um sein Opfer zu penetrieren. Dann müssten doch, außer dem Sperma auch andere Spuren vorhanden sein. Und warum zwei ähnlich alte Opfer mit einer gemeinsamen Vorgeschichte. Irgendwas passt da nicht…"

„Da passt überhaupt nichts zusammen", sagte Hajo, erneut mit der Resignation liebäugelnd.

„Gehen wir einmal davon aus, dass der Täter sich an seinen Opfern rächen wollte und dass er von einem unbändigen Hass getrieben war.

Und wenn wir weiter davon ausgehen, dass es kein Zufall ist, dass unsere beiden Opfer sich kannten und der gleichen Beschäftigung nachgingen, dann lässt das nur einen Schluss zu: Der Täter ist im Umfeld der Toten zu finden."

Hajo hatte Angelika aufmerksam zugehört. Er überlegte eine Weile und sagte dann:

"Das würde bedeuten, dass es entweder der unauffindbare Anton Kirchner war oder Rouven Novotny. Bernd Hoffmann, geb. Hölderlin kann es ja nicht sein, der ist ja schon tot."

"Aber wie passt unser Friedhelm Lechner ins Bild?", sagte Angelika.

"Überhaupt nicht", antwortete Hajo, *"das ist ja die Krux bei der Geschichte."*

"Wir sollten uns noch einmal mit Rouven unterhalten. Was meinst du?", sagte Angelika und Hajo erwiderte:

"Und was versprichst du dir davon?"

"Ich weiß es nicht", sagte Angelika, *"oder hast du eine bessere Idee?"*

"Nein", antwortete Hajo.

*****

Als Hajo und Angelika beim Haus von Rouven ankamen, erwartete sie eine große Überraschung. Rettung und Polizei waren vor Ort, umsäumt von einer gaffenden Menge.

„*Was ist hier los?*", fragte Hajo einen der absperrenden Polizisten und dieser antwortete:

„*Es gibt eine Leiche. Es handelt sich um einen Mann namens Rouven Novotny.*"

Hajo und Angelika gingen ins Hausinnere und befragten den Forensiker.

„*Der Schaum vor dem Mund deutet auf Vergiftung hin*", so seine erste Beurteilung des Toten.

Rouven Novotnys Kopf lag auf dem Tisch, an dem er saß, und auf dem für zwei Personen gedeckt war.

Es war klar erkennbar, dass es um Kaffee und Kuchen ging. Das Geschirr deutete darauf hin, nur dass eine Tasse fehlte.

„*Die hat der Mörder wohl mitgenommen*", sagte der Forensiker, „*es gibt keinerlei Spuren von ihm, und ich glaube auch nicht, dass sich das Opfer selber vergiftet hat.*

Da gibt es weit weniger schmerzhafte Methoden, sich umzubringen."

„Habt ihr schon die Leute da draußen befragt, ob irgendjemand etwas gehört oder gesehen hat?", fragte Hajo einen der Kollegen.

Nachdem das nicht der Fall war, bat Hajo den Kollegen, er möge die Personalien der Leute aufnehmen, obwohl er davon überzeugt war, dass es wohl nichts bringen würde.

„Jetzt bleiben nur noch das Phantom Anton Kirchner und Lechner übrig", sagte Hajo, „es ist zum Verrücktwerden..."

*****

Hajo hatte versucht über die „Légion étrangère"[5] etwas über Anton Kirchner herausfinden zu können, was aber abgelehnt wurde.

Stattdessen konnte etwas anderes über Anton Kirchner in Erfahrung gebracht werden. Es betraf die Fotografie, welche Hajo bei Rouven abfotografiert hatte, und die bei Rouven jedoch nicht gefunden worden war.

Eine starke Vergrößerung ließ erkennen, dass es sich keineswegs um eine Uniform der „Légion" handelte, sondern um eine Fantasieuniform zum Verkleiden beim Fasching.

---

[5] *Fremdenlegion*

Und was noch zu erkennen war, bescherte Hajo und Angelika eine ganz besondere Überraschung.

An der Hand des Abgebildeten, die zum Gruß an den Rand der Uniformkappe geführt war, konnte man auf der Vergrößerung entdecken, dass an den abgewinkelten beiden Fingern der kleinste eine Verstümmelung aufwies.

Leider war das Gesicht auf der Fotografie viel zu dunkel und zum größten Teil durch die grüßende Hand verdeckt, sodass man nicht eindeutig erkennen konnte, um wen es sich handelte.

„Das ist ja interessant", sagte Hajo, *„unser Mann auf der Fotografie ist gar kein echter Legionär.*

Die Frage ist jetzt nur, war das Rouven Novotny bewusst und hat er uns belogen?"

„Ich denke schon", erwiderte Angelika.

Hajo wiegte den Kopf hin und her.

„Ich weiß nicht, Licki", sagte er dann, *„ich bin mir da nicht so sicher. Warum hat er uns dann die Fotografie gezeigt, wenn er doch damit rechnen musste, dass wir eventuell entdecken, dass es ein Fake ist."*

„Überheblichkeit?", antwortete Angelika.

„Möglich", sagte Hajo, *„aber welche Schlüsse können wir daraus ziehen?"*

„*Das ist die Eine-Million-Dollar Frage*", antwortete Angelika.

„*Dann versuche es*", sagte Hajo, „*vielleicht gewinnst du ja die Million.*"

Angelika lächelte. Sie musste daran denken, wie lange sie schon mit Hajo zusammen arbeitete und wie dumm es von ihr war, zu glauben, er wäre in sie verliebt. Es hatte ja zu keiner Zeit Hinweise darauf gegeben, dass es so sein könnte.

„*Was ist, Licki?*", unterbrach Hajo Angelikas Gedanken, „*traust du dich nicht?*"

„*Ich glaube, dass Anton Kirchner und Rouven Novotny irgendwie zusammen gehören. Ich weiß nur noch nicht, wie.*"

„*Und was ist mit Lechner?*", fragte Hajo.

„*Darauf habe ich keine Antwort*", sagte Angelika.

Ratlosigkeit machte sich breit und ging in Stille über.

„*Du denkst sicher, ich bin verrückt*", unterbrach Angelika plötzlich die Stille, „*ich habe eine Idee. Was ist, wenn Rouven der ominöse Samenspender bei unseren beiden Opfern ist?*"

„*Unser ach so sympathische Herr Lehrer?*", antwortete Hajo erstaunt.

„*Warum nicht*", antwortete Angelika, „*finden wir es doch heraus. Wir haben ja jetzt ein DNA-Vergleichsmaterial. Und denke daran, was Arthur Schnitzler gesagt hat: <die Seele ist ein weites Land.>*"

Was beide für abstrus gehalten hatten, wurde zur brutalen Wirklichkeit. Die DNA vom Sperma an den beiden Opfern stimmten mit der von Novotny überein.

„*Das ist ja widerlich und völlig abartig*", sagte Angelika, „*sogar die eigene Mutter. Wie krank muss ein Mensch sein, dass er zu so etwas fähig ist. Und wie viel Hass muss da im Spiel gewesen sein.*"

Hajo vermochte dazu nichts zu sagen. Er war ganz einfach nur fassungslos. In seiner langen Dienstzeit war ihm schon so einiges untergekommen. Aber das übertraf alles.

„*Hättest du das für möglich gehalten?*", fragte Angelika und Hajo antwortete:

„*Nie und nimmer. Ich dachte, du wärst verrückt, als du diesen Gedanken geäußert hast.*"

„*Ich habe die Büchse der Pandora geöffnet und ich könnte kotzen über das, was dabei herausgekommen ist*", sagte Angelika, und ihr Gesichtsausdruck unterstrich ihre Worte.

*****

Die Untersuchungen im Mordfall Rouven Novotny hatte bisher zu keinem Ergebnis geführt.

Fakt war lediglich, dass der Kuchen vergiftet war und dass von den beiden Kuchentellern nur einer benutzt wurde. Und es war auch nur eine Tasse vorhanden, nämlich die, welche zum Opfer gehörte.

„Ich spiele jetzt einmal den Täter", sagte Hajo, *„und du sagst mir dann, ob das Szenario vorstellbar für dich ist.*

Rouven erwartet mich. Ich habe den Kaffeetisch gedeckt, jedoch ohne den Kuchen. Den bringt mein Besucher mit.

Rouven kennt mich und er vertraut mir. Ich läute und Rouven öffnet. Er freut sich, mich zu sehen.

<Ich habe Kuchen mitgebracht, wie versprochen>, sage ich, und Rouven nimmt ihn in Empfang. Er stellt ihn auf den Tisch und schneidet ihn an.

Er will mir ein Stück auf den Teller geben, aber ich lehne ab, mit der Begründung Diabetiker zu sein oder Zahnschmerzen zu haben. Beides ist möglich.

Den Kaffee nehme ich dankend an. Rouven beginnt seinen Kuchen zu essen. Kurz darauf bekommt er heftige Krämpfe.

Er starrt mich ungläubig an, bevor er mit seinem Kopf auf dem Tisch aufschlägt. Schaum dringt aus seinem Mund.

Ich nehme meine Kaffeetasse, die ich leer getrunken habe, wickle sie in mein Taschentuch und stecke sie ein.

Dann verlasse ich das Haus, ohne gesehen zu werden. Ich habe bewusst die frühen Abendstunden für meinen Besuch gewählt, weil es da schon dunkel ist."

Angelika hatte aufmerksam zugehört. In Gedanken ist sie jeden einzelnen Schritt mitgegangen und sie ist nicht ein einziges Mal gestolpert.

„Du bist Friedhelm Gerhard Lechner", sagte sie mit ruhiger Stimme und Hajo erwiderte:

„Jetzt müssen wir es nur noch beweisen."

*****

„Befragung des Friedhelm Gerhard Lechner durch Major Steinkellner. Anwesend sind Friedhelm Gerhard Lechner sowie Major Steinkellner und Frau Dr. Angelika Schmitt-Müller."

„Ich freue mich sehr, Sie wiederzusehen, schöne Frau", sagte Friedhelm Lechner, nachdem Hajo seinen Text in das Aufnahmegerät gesprochen hatte.

„Weniger freut es mich, dass Sie diesen Herrn mitgebracht haben."

„Heute gibt es uns nur im Doppelpack, lieber Herr Lechner", erwiderte Angelika mit einem leichten Lächeln.

„Wie schön, dass Sie sich ebenso wie ich an unserem Wiedersehen erfreuen, schöne Frau", sagte Friedhelm Lechner, worauf die ernüchternden Worten von Angelika folgten:

„Sie irren sich, Herr Lechner, meine Freude hat einen ganz anderen Grund. Einen Grund, der Ihnen nicht wirklich gefallen wird."

„Das tut mir aber leid", erwiderte Friedhelm Lechner, der sich nach wie vor in seinem Cocon der Überheblichkeit suhlte, „um welchen Grund handelt es sich denn, wenn ich fragen darf?"

„Zunächst lassen Sie uns unser tief empfundenes Beileid zum Tod Ihres Freundes, Herrn Rouven Novotny zum Ausdruck bringen", sagte Angelika und Friedhelm Lechner reagierte.

Er reagierte sogar heftig. Seine Mundwinkel zuckten und seine Überheblichkeit fiel zusammen wie ein Kartenhaus.

„Ich kenn keinen, wie heißt der?", erwiderte Friedhelm Lechner.

„*Sie müssten ihn aber kennen*", übernahm jetzt Hajo, „*Sie waren schließlich im selben Heim wie Rouven Novotny. Und Ihre beiden Mütter übten sogar denselben Beruf aus. Ist es nicht so?*"

Friedhelm Lechner wurde blass. Seine Augen wanderten hin und her.

„*Das ist alles Unsinn*", presste er mühsam hervor, „*ich weiß überhaupt nicht, was Sie von mir wollen?*"

„*Aber natürlich wissen Sie, was wir von Ihnen wollen, Herr Lechner. Oder soll ich lieber <Herr Kirchner> sagen?*"

Friedhelm Lechner, alias Anton Kirchner brach endgültig zusammen. Seine Atmung ging schwer und Schweiß drängte auf seine Stirn.

„*Wie haben Sie es herausgefunden?*", sagte er plötzlich.

Hajo und Angelika sahen einander erstaunt an. Damit hatten sie nicht gerechnet.

„*Wollen Sie vielleicht ein Glas Wasser?*", fragte Angelika und Anton Kirchner antwortete:

„*Das wäre sehr freundlich, Frau Doktor.*"

Friedhelm Lechner hatte seine Maske abgenommen und saß nun als Anton Kirchner vor Ihnen.

Anton Kirchner nahm einen tiefen Schluck aus seinem Glas. Es schien fast so, als würde er eine Art Erleichterung verspüren. Er setzte sein Glas ab und sah Angelika lächelnd an.

„Sie sind eine bewundernswerte Dame, Frau Dr. Schmitt-Müller, ich bin froh, dass ich Sie kennenlernen durfte."

„Kennen Sie das 8. Gebot, Herr Kirchner?", fragte Angelika, ebenfalls lächelnd.

„Du sollst nicht falsch Zeugnis reden wider deinen Nächsten!", antwortete Anton Kirchner.

Als Hajo das Wort ergreifen wollte, hielt Angelika ihn mit einer Kopfbewegung davon ab. Sie sagte zu Anton Kirchner:

„Sie kennen sich tatsächlich aus mit den 10 Geboten."

„Das stimmt, Frau Doktor", erwiderte Anton Kirchner, *„und ich habe das Fünfte dreimal gebrochen."*

Hajo wurde immer unruhiger. Es brannte ihn unter den Nägeln, dass er sich in das Gespräch nicht einbringen konnte.

„Aber das Achte habe ich immer befolgt". Fügte Anton Kirchner hinzu.

„Dann tun Sie das auch jetzt, Anton?", fragte Angelika.

Anton Kirchner zögerte einen Moment.

Die Spannung im Raum wurde immer unerträglicher. Angelika wandte ihren Blick nicht ab von Anton Kirchner.

Dann antwortete er.

„Ich werde Sie nicht enttäuschen, Angelika."

Anton Kirchner hatte den Ball übernommen, der ihr von der Psychologin zugespielt worden war.

„Aber erst sagen Sie mir bitte, woran ich gescheitert bin."

„Ein kleines, scheinbar unwichtiges Detail hat Sie verraten", antwortete Angelika. *„Es war der kleine Finger an Ihrer Hand."*

Anton Kirchner schaute ungläubig.

„Wieso?", fragte er, *„es ist doch die richtige Hand"*, antwortete er und hielt sie Angelika zum Beweis entgegen.

„Ja, schon", erwiderte Angelika, *„aber die Amputation erfolgte am <Phalanx distalis V> und nicht an der eigentlichen Trennstelle des Kleinfingers weiter oben zum Grundgelenk hin gerichtet.*

Wir konnten das anhand des Bildes im Personal-
ausweis des echten Friedhelm Lechner erkennen, der
durch einen Motorradunfall fast die Hälfte seines
Kleinfingers verloren hatte.

Die Ähnlichkeit mit Ihnen hat Sie wohl dazu ver-
führt, dessen Identität anzunehmen. Habe ich recht?"

„*Mit jedem einzelnen Ihrer Worte*", antwortete
Anton Lechner, „*das Abtrennen im Endgelenk des*
kleinen Fingers war für mich leichter durchzuführen
als am Knochen darüber."

„*Sie haben das selbst gemacht?"*, fragte Angelika,
und ein wenig schwang sogar Bewunderung mit ihrer
Frage mit.

„*Ja*", antwortete Anton Kirchner, „*es war gar*
nicht so schwer, wie man glauben könnte."

Jetzt hielt es Hajo nicht mehr länger.

„*Was ist mit dem echten Friedhelm Lechner?"*

„*Der ist natürlich auch tot*", antwortete Anton
Kirchner, „*gut, dass Sie mich das fragen. Ich muss*
meine Angabe von vorhin dahingehend korrigieren,
dass ich das Fünfte Gebot vier Mal gebrochen habe
und nicht nur drei Mal."

Angelika lief es eiskalt den Rücken hinunter. Vor
ihr saß ein Mann, der in aller Ruhe und in einer für sie
unverständlichen Art vier Morde gestand.

Und was noch hinzukam, dieser Mann machte nicht den Eindruck, geistig abnorm zu sein.

„Ich möchte, dass der Kommissar den Raum verlässt. Er kann wieder hinterm Vorhang Platz nehmen und zuhören.

Ich werde Ihnen dann die ganze Geschichte erzählen, getreu den Worten des Achten Gebots. "

Anton Kirchner hatte Angelika fest im Blick, als er das sagte. Er sagte das auf eine Art, die glaubwürdig schien, worauf Angelika Hajo zunickte, um ihm zu bedeuten, er möge sich darauf einlassen.

Hajo zögerte einen Moment. Es widerstrebte ihm gewaltig, der Aufforderung nachzukommen. Schließlich war er der leitende Beamte und nicht Angelika.

Angelika sah erwartungsvoll zu Hajo, und als dieser noch immer nicht reagierte, sagte sie:

„Bitte, geh hinaus. "

Hajo warf Anton Kirchner einen bösen Blick zu. Er wolle ihm damit bedeuten, wie niederträchtig er die Taten empfand, die Anton begangen hatte und wie demütigend Hajo es empfand, dass Anton nicht ihm, dem Kriminalisten, das Geständnis ablegte, sondern einer Psychologin.

*****

Geständnis:

Ich heiße Anton Kirchner und bin 36 Jahre alt. Meine Mutter war Stefanie Kirchner und hat als Prostituierte gearbeitet.

Sie hat mich gleich nach der Geburt in ein Kinderheim gegeben, wo wir wie die Affen dressiert wurden.

Liebe gab es keine, dafür aber Missbrauch und Schläge. Ob mich meine Mutter je besucht hat, weiß ich nicht.

Außer mir waren noch andere Kinder dort mit der gleichen Vorgeschichte.

Mit zwei von ihnen habe ich mich angefreundet. Der eine hieß Rouven und der andere Bernd. Ihre Mütter waren ebenfalls Prostituierte.

Ich habe mit beiden Blutsbrüderschaft geschlossen. Wir haben aufeinander aufgepasst.

Rouven hatte großes Glück. Er wurde adoptiert. Bernd und mich wollte keiner haben.

Als wir erwachsen waren, haben wir das Kinderheim verlassen, aber wir blieben stets in Verbindung. Auch mit Rouven.

Bernd ist leider durch einen Unfall ums Leben gekommen.

Rouven hat es irgendwie geschafft, Lehrer zu werden. Ich habe das nie verstanden, zumal er kein Heiliger war. Er hatte schon im Kinderheim große Freude daran, andere zu quälen.

Er riss Spinnen und Käfern die Beine aus und Insekten die Flügel. Andere Mitbewohner im Heim quälte er ebenfalls sehr gern.

Ich glaube, Bernd hat sich uns damals nur angeschlossen, damit er von Rouven verschont bleibt.

Ich habe eine Zeit lang bei meiner Mutter gewohnt. Das war auch nicht besser als im Heim. Sie hat ständig irgendwelche Kerle mit nach Hause gebracht, mit denen hat sie dann gesoffen. Und bei den dünnen Wänden konnte ich deutlich hören, wie sie es miteinander getrieben haben.

Als mir das alles zu viel wurde, bin ich dann von zu Hause abgehauen. Ich war sogar ein paar Jahre bei der Legion. Von dort bin ich jedoch schon bald wieder geflohen.

Ich habe erst viel später erfahren, dass meine Mutter gestorben ist. Sie hat sich zu Tode geschnupft. Leidgetan hat mir das nicht. Ich habe sie gehasst.

Rouven, Bernd und ich haben uns mindestens einmal im Jahr getroffen. Dann haben wir über alles Mögliche gequatscht. Auch über unsere Mütter und das Verbrechen, das sie uns Kindern angetan haben.

Irgendwann kam die Idee auf, dass wir unsere Mütter bestrafen sollten. Ich glaube, die Idee war von Rouven.

Meine Mutter war ja schon tot. Also blieben nur noch die Mütter von Rouven und Bernd.

Bernd war dagegen. Aber das Problem löste sich von selber. Der Trottel hat sich ja mit seinem Alkohol selber umgebracht.

Blieben nur noch Rouven und ich.

Die erste Zeit schwadronierten wir nur darüber, wie wir es anstellen sollten. Aber nach und nach wurde der Plan immer konkreter.

Maria, Bernds Mutter war die Erste.

Wir setzen sie unter Alkohol und führten sie in den Wald. Dort haben wir sie gefesselt und Rouven hat sich an ihr vergangen. Er war wie in einem Rausch.

Maria hat geschrien, aber das Rouven nur noch mehr angestachelt. Als er fertig war, haben wir auf die Frau mehrmals eingestochen, bis sie tot war. Dann haben wir sie vergraben.

Rouven war unglaublich. Gerade war er noch ein wildes Tier, und nachdem wir Maria begraben hatten, war er die Ruhe selbst. Das hat mich ein wenig an das Kinderheim erinnert. Dort war Rouven genauso.

Ivanka, die Mutter von Rouven war unser nächstes Opfer. Rouven hatte nicht die geringsten Skrupel.

Rouven hasste seine Mutter noch weit mehr, als ich meine Mutter hasste. Er hat sie einmal besucht, und als sie ihn bat, ihren Namen anzunehmen, hat er nur zugestimmt, weil er glaubte, so an ihr Geld kommen zu können.

Da hatte er sich aber gewaltig geirrt. Ivanka war spielsüchtig, und das Haus, indem sie wohnte, gehörte schon lange der Bank.

Er hat sie dann eingeladen, mich kennenzulernen. Wir waren essen und haben ordentlich einen hinter die Binde gegossen.

Als sie bis oben hin abgefüllt war, sind wir mit ihr wieder in den Wald gefahren. Der Rest ist ja bekannt. Es lief genauso ab wie bei Maria.

Wir haben es sehr genossen. Nur eine Sache hat mich gestört. Rouven hat seine eigene Mutter missbraucht. Ich war zwar nicht damit einverstanden; aber dieses Tier war einfach nicht davon abzuhalten.

Für mich war die Angelegenheit damit erledigt. Wir hatten unsere Mütter bestraft, wie sie es verdient hatten. Sie haben uns unsere Kindheit, unsere Jugend, ja unser ganzes Leben genommen, und wir haben ihnen dafür ihr Leben genommen.

Auge um Auge – Zahn um Zahn.

Für Rouven sollte es aber noch weitergehen. Er hatte eine richtige Todesliste angelegt.

Er wollte seinen Rachefeldzug auf die Erzieherinnen und Erzieher vom Heim weiter ausdehnen und auf die Leute von ENJOY.

Da habe ich die Reißleine gezogen. Da wollte ich nicht mehr mitmachen.

Als Rouven beschloss, die Bestrafungen allein durchzuführen, und mich dadurch in Gefahr zu bringen, musste ich handeln.

Ich habe meinen besten Freund und Blutsbruder ermordet.

Meine falsche Identität verdanke ich einem Zufall. Ich habe Friedhelm Lechner in einem Biker-Lokal kennengelernt. Bedingt durch unsere Ähnlichkeit kamen wir ins Gespräch.

Da reifte in mir der Plan, den Mann zu töten und in seine Haut zu schlüpfen. Alles wäre ohne Folgen für mich geblieben, wäre mir nicht dieser kleine Fehler unterlaufen.

Ich bereue nichts von dem, was ich getan habe. Ich betrachte mich als Opfer und ich gehe davon aus, dass ich freigesprochen werde.

*****

Nachtrag:

Anton Kirchner wurde wegen mehrfachen Mordes zu einer lebenslangen Freiheitsstrafe verurteilt.

Er hat sich wenige Tage nach seiner Verurteilung in seiner Zelle erhängt.

Damit hatte er zum fünften Mal gegen das Fünfte Gebot verstoßen…

*****